papyrus

L'OBÉLISQUE

TEXTE ET DESSINS : DE GIETER.

DUPUIS

Dépôt légal : juillet 1989 D.1989/0089/77
ISBN 2-8001-1671-4 ISSN 0771-8969

Imprimé en Belgique.

Au pied de la montagne d'occident, le magnifique temple de Deir el-Bahari, le sanctuaire d'Hatchepsout, reine Pharaon, dort sous la chaleur écrasante du soleil d'Egypte.
DE GIETER 88.
1

Quand soudain, amplifiés par l'immense falaise qui l'entoure...
SENENMOUT EST MORT!
SEUL HORI CONNAÎT LA VÉRITÉ!
ARRÊTE! ARRÊTE!
!
On y va?
!
On y va!
VAS-TU ARRÊTER!
NON! NON!
C'EST HORI LE PLUS GRAND!
DE GIETER 06
2

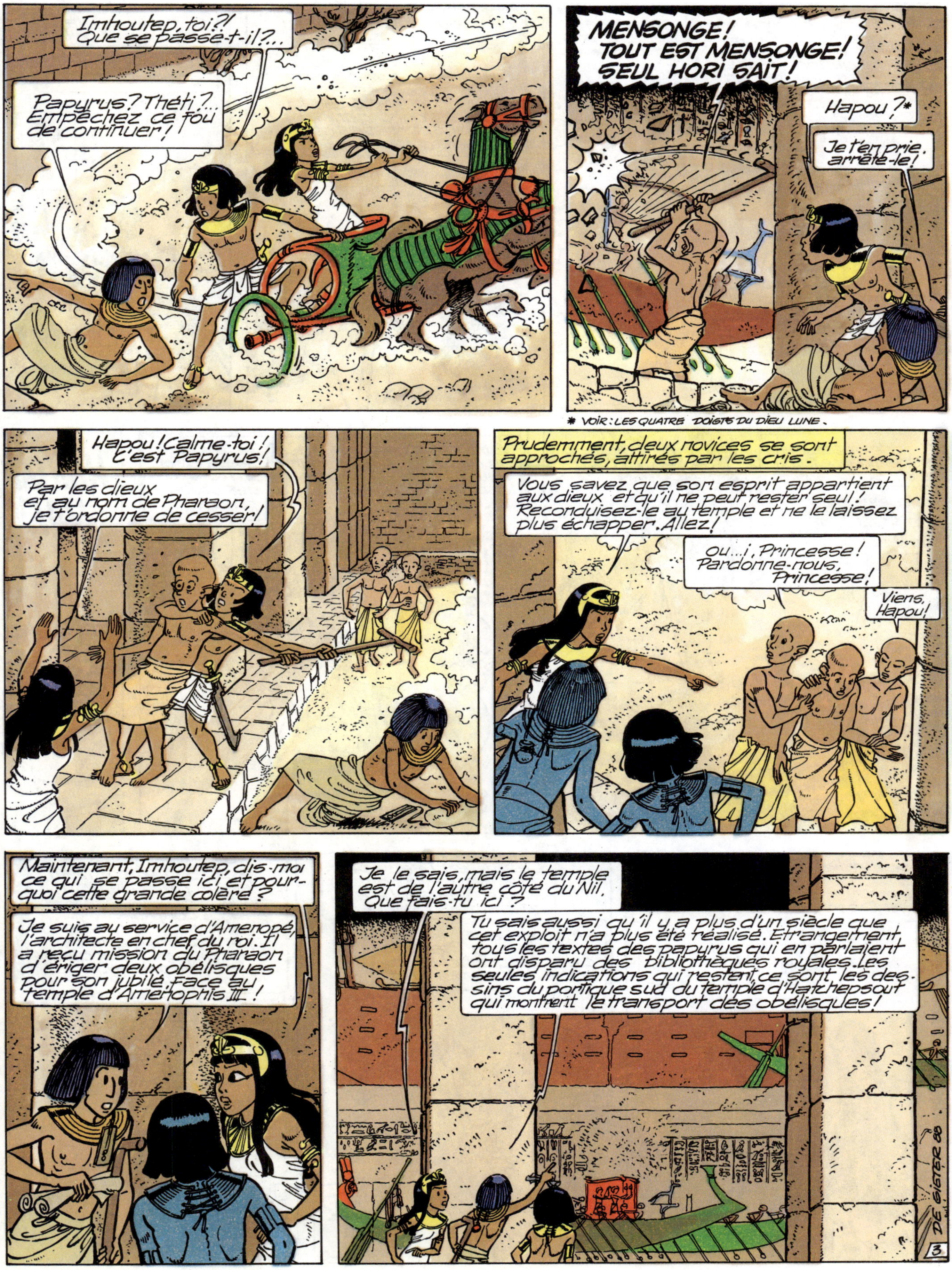
Imhoutep, toi?! Que se passe-t-il?...
Papyrus? Théti?... Empêchez ce fou de continuer!
MENSONGE! TOUT EST MENSONGE! SEUL HORI SAIT!
Hapou?*
Je t'en prie. arrête-le!
* VOIR: LES QUATRE DOIGTS DU DIEU LUNE.
Hapou! Calme-toi! C'est Papyrus!
Par les dieux et au nom de Pharaon, je t'ordonne de cesser!
Prudemment, deux novices se sont approchés, attirés par les cris.
Vous savez que son esprit appartient aux dieux et qu'il ne peut rester seul! Reconduisez-le au temple et ne le laissez plus échapper. Allez!
Ou...i, Princesse! Pardonne-nous, Princesse!
Viens, Hapou!
Maintenant, Imhoutep, dis-moi ce qui se passe ici et pourquoi cette grande colère?
Je suis au service d'Amenopé, l'architecte en chef du roi. Il a reçu mission du Pharaon d'ériger deux obélisques pour son jubilé. Face au temple d'Aménophis III!
Je le sais, mais le temple est de l'autre côté du Nil. Que fais-tu ici?
Tu sais aussi qu'il y a plus d'un siècle que cet exploit n'a plus été réalisé. Étrangement, tous les textes des papyrus qui en parlaient ont disparu des bibliothèques royales. Les seules indications qui restent, ce sont les dessins du portique sud du temple d'Hatchepsout qui montrent le transport des obélisques!
DE GIETER 88
3

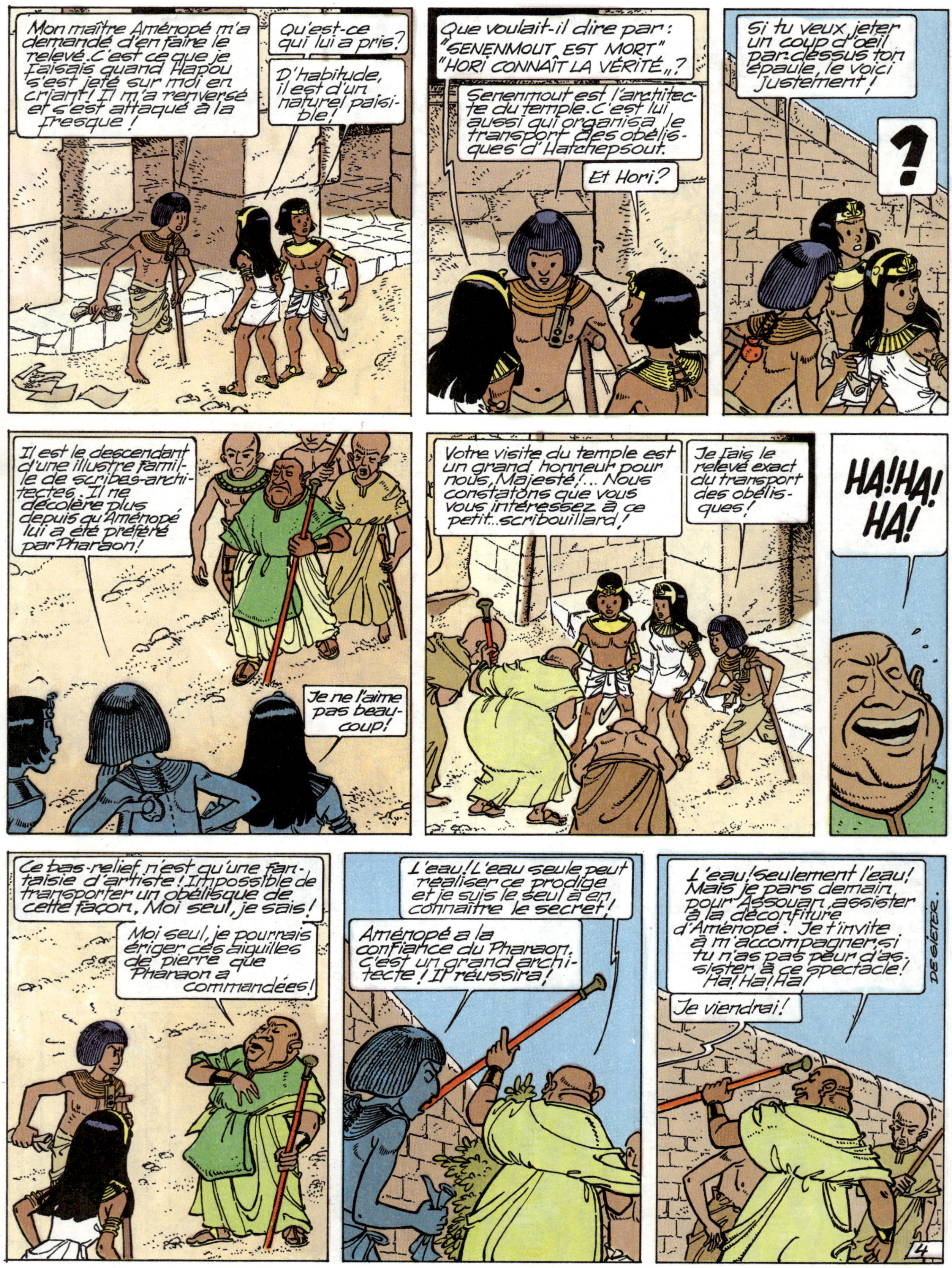
Mon maître Aménopé m'a demandé d'en faire le relevé. C'est ce que je faisais quand Hapou s'est jeté sur moi en criant! Il m'a renversé et s'est attaqué à la fresque!
Qu'est-ce qui lui a pris?
D'habitude, il est d'un naturel paisible!
Que voulait-il dire par: "SENENMOUT EST MORT" "HORI CONNAÎT LA VÉRITÉ"?
Senenmout est l'architecte du temple. C'est lui aussi qui organisa le transport des obélisques d'Hatchepsout.
Et Hori?
Si tu veux jeter un coup d'oeil par-dessus ton épaule, le voici justement!
?
Il est le descendant d'une illustre famille de scribes-architectes. Il ne décolère plus depuis qu'Aménopé lui a été préféré par Pharaon!
Je ne l'aime pas beaucoup!
Votre visite du temple est un grand honneur pour nous, Majesté!... Nous constatons que vous vous intéressez à ce petit... scribouillard!
Je fais le relevé exact du transport des obélisques!
HA! HA! HA!
Ce bas-relief n'est qu'une fantaisie d'artiste! Impossible de transporter un obélisque de cette façon. Moi seul, je sais!
Moi seul, je pourrais ériger ces aiguilles de pierre que Pharaon a commandées!
L'eau! L'eau seule peut réaliser ce prodige et je suis le seul à en connaître le secret!
Aménopé a la confiance du Pharaon. C'est un grand architecte! Il réussira!
L'eau! Seulement l'eau! Mais je pars demain pour Assouan assister à la déconfiture d'Aménopé. Je t'invite à m'accompagner, si tu n'as pas peur d'assister à ce spectacle! Ha! Ha! Ha!
Je viendrai!
DE GIETER

Hapou veut aussi aller à Assouan!
Hapou?... Evidemment, tu viendras assister au triomphe de mes théories aquatiques!
Non! Tu resteras ici, sous la surveillance des novices. Ce sera ta punition pour tes déprédations au temple!
Nous irons avec vous, pour constater sur place l'avance des travaux et la bonne marche du chantier!
En route, vous aurez tout loisir de nous exposer vos théories sur l'utilisation de l'eau dans le transport des obélisques!
Nous serons heureux de partager votre passion pour l'élément liquide!
PLOUF
A demain!
Et le lendemain, à l'aube, un bateau royal traverse le Nil, poussé par un vent léger.
DE GIETER
5

HÂPY: DIEU NIL.

Imhoutep! C'est nous! Que t'est-il arrivé?
Heu... Je... J'étais sur le bateau d'Hori. J'ai... j'ai reçu un coup sur la tête... J'ai perdu connaissance... L'eau m'a réveillé... Je n'en pouvais plus!... Tous mes papyrus sont perdus!
Le traître! Voilà pourquoi il est parti sans nous. Il voulait supprimer Imhoutep en même temps que ses notes!
Tu crois?
IMHOUTEP! TU ES SAUVÉ!
Que les dieux soient loués! Je te retrouve vivant!... A l'aube... une fausse manoeuvre d'un des marins... notre pauvre ami est tombé à l'eau... le temps de m'en apercevoir... le courant l'emportait! Nous avons fait demi-tour!...
C'est alors que nous vous avons vus le repêcher!
Oui! C'est bon!... Notre voilier est bien plus rapide que le vôtre! Venez à notre bord, nous serons plus vite à Assouan!
Tu crois vraiment à ces mensonges?
Laisse-le monter à bord!... Nous aurons une explication face à face, et je saurai bien...
HORI EST LE PLUS GRAND!
AMENOPÉ EST UN INCAPABLE!
Hapou?!
DE GIETER

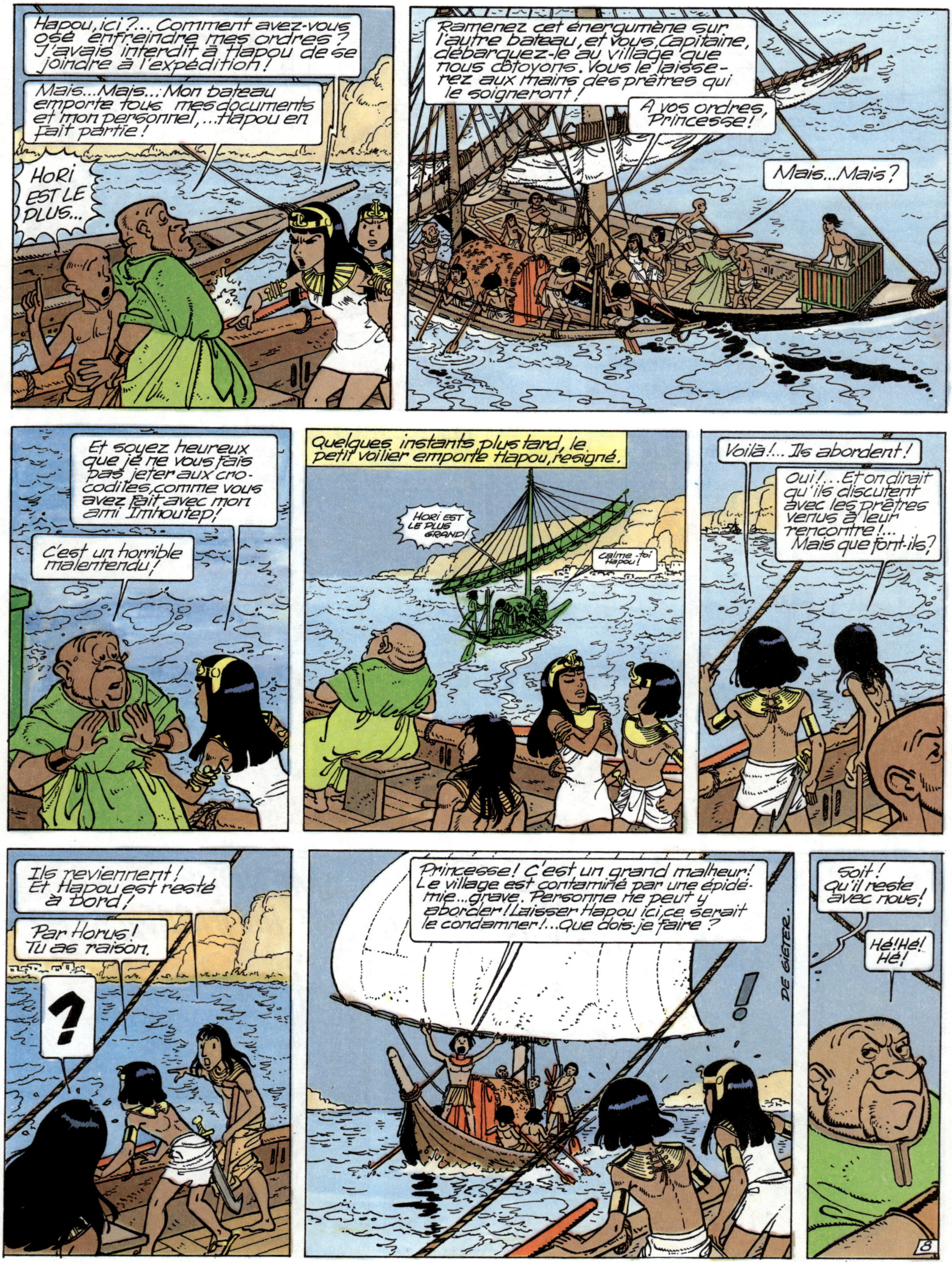

Hapou, ici?... Comment avez-vous osé enfreindre mes ordres? J'avais interdit à Hapou de se joindre à l'expédition!
Mais... Mais...: Mon bateau emporte tous mes documents et mon personnel, ...Hapou en fait partie!
HORI EST LE PLUS...
Ramenez cet énergumène sur l'autre bateau, et vous, Capitaine, débarquez-le au village que nous côtoyons. Vous le laisserez aux mains des prêtres qui le soigneront!
A vos ordres, Princesse!
Mais...Mais?
Et soyez heureux que je ne vous fais pas jeter aux crocodiles, comme vous avez fait avec mon ami Imhoutep!
C'est un horrible malentendu!
Quelques instants plus tard, le petit voilier emporte Hapou, résigné.
HORI EST LE PLUS GRAND!
Calme-toi Hapou!
Voilà!... Ils abordent!
Oui!... Et on dirait qu'ils discutent avec les prêtres venus à leur rencontre!... Mais que font-ils?
Ils reviennent! Et Hapou est resté à bord!
Par Horus! Tu as raison.
?
Princesse! C'est un grand malheur! Le village est contaminé par une épidémie... grave. Personne ne peut y aborder! Laisser Hapou ici, ce serait le condamner!... Que dois-je faire?
!
DE GIETER.
Soit! Qu'il reste avec nous!
Hé! Hé! Hé!
8

Plus tard, alors que le bateau royal file vers Assouan, chacun campe sur ses positions.
Le petit voilier qui porte Hapou accompagne, à distance...
C'est Hori le plus grand!
Il n'arrêtera donc jamais!
Bah! Nous sommes bientôt arrivés!
Hé! Hé! Hé! Je n'ai pas eu de mal à convaincre le capitaine de raconter sa petite histoire!
Tu as bien travaillé, Sésosti!
Mais pourquoi être revenu en arrière pour sauver cet Imhoutep, maître? Je ne comprends pas?
Imbécile! Leur bateau était en vue du nôtre! Revenir en arrière accréditait l'explication de l'accident. Même s'ils ont des doutes, ils ne peuvent nous accuser!
ASSOUAN!
Oui! Et voilà la carrière!... Mais que se passe-t-il? On dirait que le chantier est en feu!
Par tous les dieux!
Hé! Hé! Hé! Seule l'eau pourra résoudre le problème des obélisques!
Six coudées! Cinq coudées!
DEGIETER

Quelques instants plus tard, voile affalée, le bateau vient se ranger le long du quai. Sans attendre, Théti-Chéri, Papyrus et Imhoutep se précipitent vers le chantier.
Princesse Théti-Chéri, Papyrus, chers amis ! Quelle surprise de vous voir ici avec ce brave Imhoutep !
Amenopé !
Quelle joie !
Mais quoi ? Ton chantier Flambe et tu te réjouis ! As-tu perdu la raison, Amenopé ? Ton rival est déjà sur tes talons, prêt à prendre ta place !
Sans jeter un œil sur son rival, Amenopé emmène Théti...
Ha! Ha! Ha! Ne vous fâchez pas et venez d'abord vous restaurer, Princesse. Justement, voici Ptha-tissier avec de délicieux gâteaux au miel dont il a le secret !
Delicieux en effet, miam !...
Goûtez-moi... miam !... Goûtez-moi ça ! Miam !... Un délice !
Amenopé, ta gourmandise te perdra !
Venez, Altesse, nous allons... miam... voir l'incendie. Hé! Hé! Hé! Venez tous ! Toi aussi, Ptha-tissier !
DE GIETER.
Et voilà le travail !
!
10

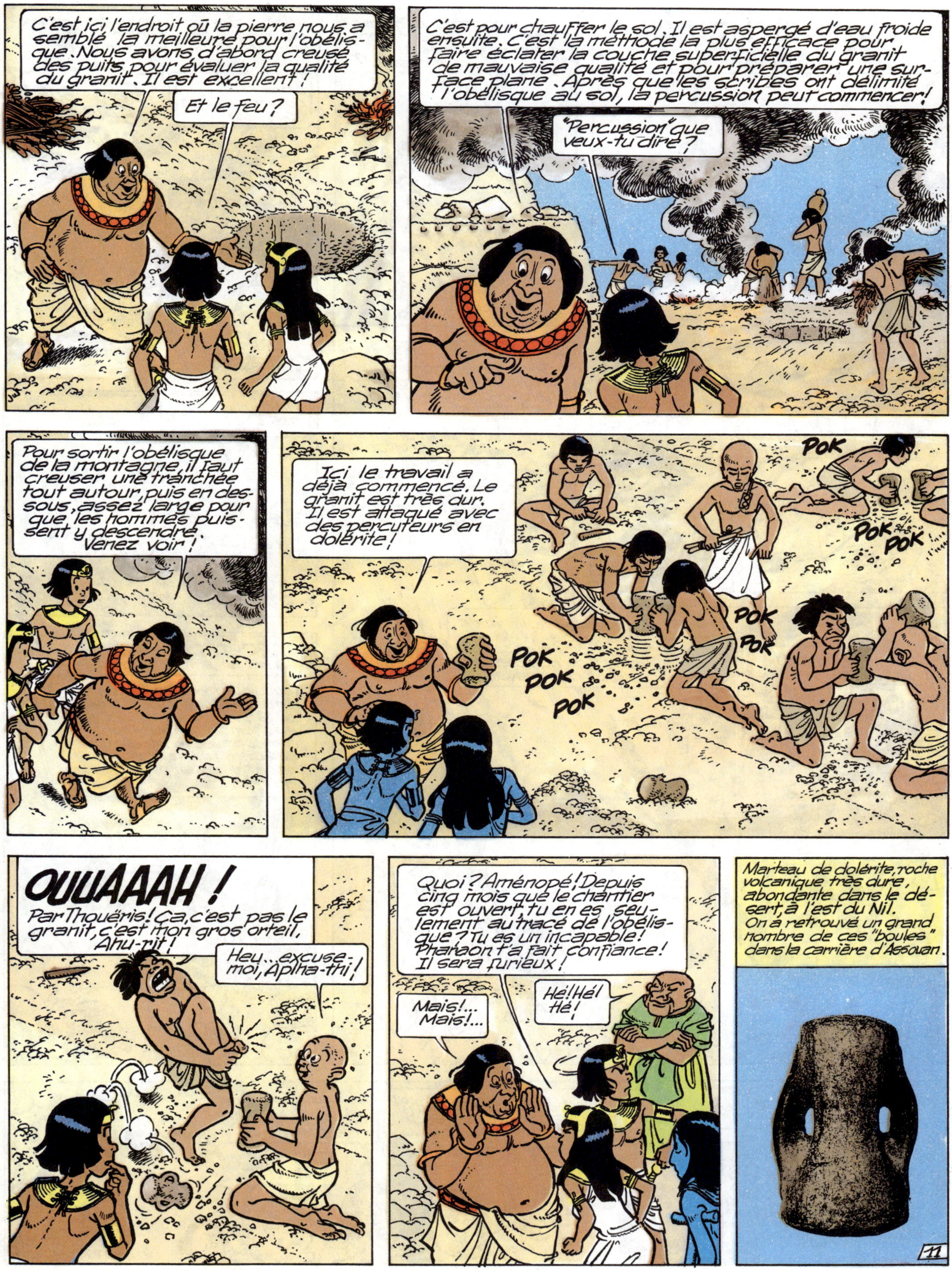

C'est ici l'endroit où la pierre nous a semblé la meilleure pour l'obélisque. Nous avons d'abord creusé des puits pour évaluer la qualité du granit. Il est excellent !
Et le feu ?
C'est pour chauffer le sol. Il est aspergé d'eau froide ensuite. C'est la méthode la plus efficace pour faire éclater la couche superficielle du granit de mauvaise qualité et pour préparer une surface plane. Après que les scribes ont délimité l'obélisque au sol, la percussion peut commencer !
"Percussion" que veux-tu dire ?
Pour sortir l'obélisque de la montagne, il faut creuser une tranchée tout autour, puis en dessous, assez large pour que les hommes puissent y descendre. Venez voir !
Ici le travail a déjà commencé. Le granit est très dur. Il est attaqué avec des percuteurs en dolérite !
POK
POK POK
POK
POK
POK POK POK
OUUAAAH !
Par Thouéris ! Ça, c'est pas le granit, c'est mon gros orteil, Ahu-rit !
Heu... excuse-moi, Apiha-thi !
Quoi ? Aménopé ! Depuis cinq mois que le chantier est ouvert, tu en es seulement au tracé de l'obélisque ? Tu es un incapable ! Pharaon t'a fait confiance ! Il sera furieux !
Mais !... Mais !...
Hé ! Hé ! Hé !
Marteau de dolérite, roche volcanique très dure, abondante dans le désert, à l'est du Nil. On a retrouvé un grand nombre de ces "boules" dans la carrière d'Assouan.
11

Mais non! Mais non! Divine princesse, ceci est le second obélisque. Le premier est presque terminé. Suivez-moi! Vous allez découvrir l'autre chantier!
Hé! Hé! Hé!
Et toi, Imhoutep, que j'ai envoyé au temple de Deir el-Bahari, que me rapportes-tu d'intéressant?
Hélas, Maître! Imhoutep est un misérable, indigne de la confiance que tu as placée en lui! Il est revenu les mains vides!
Imhoutep! Comment est-ce possible!
SEIGNEUR! SEIGNEUR AMÉNOPÉ!
Laissez-moi vous expliquer!
... UN GRAND MALHEUR!...
Plus tard! Plus tard! Par Horus! Que se passe-t-il?
Seigneur! Un homme impur s'est introduit dans le chantier. Il porte la maladie!
Il vient de Nubt: là-bas, le village est interdit pour cause d'épidémie!
Hapou ne veut pas être lapidé!
Toi! Ici?
A mort! A mort! Lapidons-le!
Il est là-haut! Allons-y!
Toute notre nourriture provient de là! Nous allons tous être contaminés. Les hommes ne veulent plus travailler!
ARRÊTEZ! Personne ne touchera à cet enfant. Je l'interdis!
Vous vous trompez, Hapou n'a pas été jusqu'au village où règne l'épidémie. J'en suis témoin. Il n'a eu aucun contact avec la population! Les dieux habitent son esprit, il ne sait pas ce qu'il dit!
C'est la princesse Théti-Chéri!
La fille du Pharaon!
Peut-être, mais il suffit qu'il ait touché un seul villageois!
Ou un objet!
C'est trop risqué!
C'est vrai!
ATTENDEZ!
DE GIETER.
12

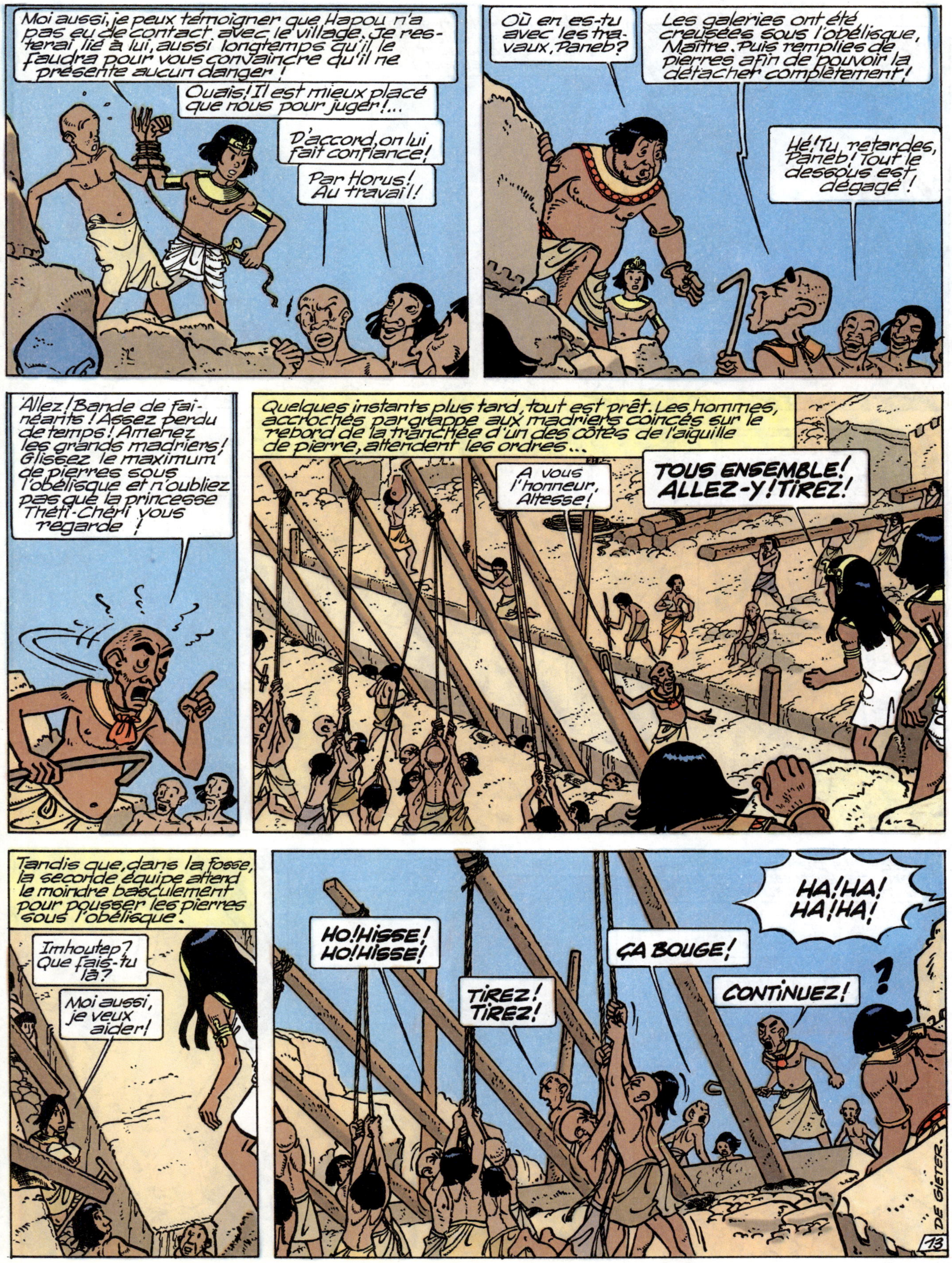
Moi aussi, je peux témoigner que Hapou n'a pas eu de contact avec le village. Je resterai lié à lui, aussi longtemps qu'il le faudra pour vous convaincre qu'il ne présente aucun danger !
Ouais! Il est mieux placé que nous pour juger!...
D'accord, on lui fait confiance!
Par Horus! Au travail!
Où en es-tu avec les travaux, Paneb?
Les galeries ont été creusées sous l'obélisque, Maître. Puis remplies de pierres afin de pouvoir la détacher complètement!
Hé! Tu retardes, Paneb! Tout le dessous est dégagé!
Allez! Bande de fainéants! Assez perdu de temps! Amenez les grands madriers! Glissez le maximum de pierres sous l'obélisque et n'oubliez pas que la princesse Théti-Chéri vous regarde !
Quelques instants plus tard, tout est prêt. Les hommes, accrochés par grappe aux madriers coincés sur le rebord de la tranchée d'un des côtés de l'aiguille de pierre, attendent les ordres...
A vous l'honneur, Altesse!
TOUS ENSEMBLE! ALLEZ-Y! TIREZ!
Tandis que, dans la fosse, la seconde équipe attend le moindre basculement pour pousser les pierres sous l'obélisque.
Imhoutep? Que fais-tu là?
Moi aussi, je veux aider!
HO! HISSE! HO! HISSE!
TIREZ! TIREZ!
ÇA BOUGE!
HA! HA! HA! HA!
CONTINUEZ!
?
DE GIETER.
13

Echappant à la vigilance de Papyrus, Hapou a bondi comme un diable, et...
HA!HA! Ça n'ira pas! Ça n'ira pas! Seul Hori connaît le secret des obélisques!
?
Soudain, sous la traction des hommes, un madrier se rompt dans un craquement terrible sous les ricanements d'Hapou.
Amenopé est un incapable!
CRAAAAC
Ne lâchez pas les cordes! J'ai fait doubler le nombre de madriers nécessaires. Tenez ferme!
Hélas, en réponse aux exhortations d'Aménopé, un second madrier a craqué.
HA!HA! HA!HA!
CRAAAC
DE GIETER
Et c'est la panique. Jaillissant de la tranchée, les ouvriers se sauvent, terrifiés.
Tout va craquer!
Nous allons être écrasés!
Tous sauf...
Imhoutep?
J'ai glissé sous la pierre! Je suis coincé!
Papyrus!
14

Par tous les dieux! Tenez bon!
Et amenez d'autres madriers, vite!
AAAH! Ma jambe!
Impossible de le retirer de là. Et si la pierre descend il aura la jambe broyée!
Bloquer la pierre, c'est la seule solution!
Devant le courage de Papyrus, les ouvriers, un instant affolés, sont revenus dans la tranchée, et un peu plus tard, l'obélisque est bloqué dans sa position inclinée.
Victoire! Imhoutep est sauvé!
DE GIETER
Que tous les hommes passent de l'autre côté. Nous recommençons la manoeuvre dans l'autre sens!
Ça ne marchera pas! Il faut remplir la fosse d'eau et mettre des flotteurs à la pierre! C'est Min-Ghest, mon ancêtre, qui l'affirme!
Soulevant d'un côté, puis de l'autre, en remplissant de pierres au fur et à mesure le fond de la fosse, ...
Ça ne peut pas marcher!
Tu es encore plus bête que ton ancêtre, Hori!
...les hommes font sortir l'énorme pierre.
15

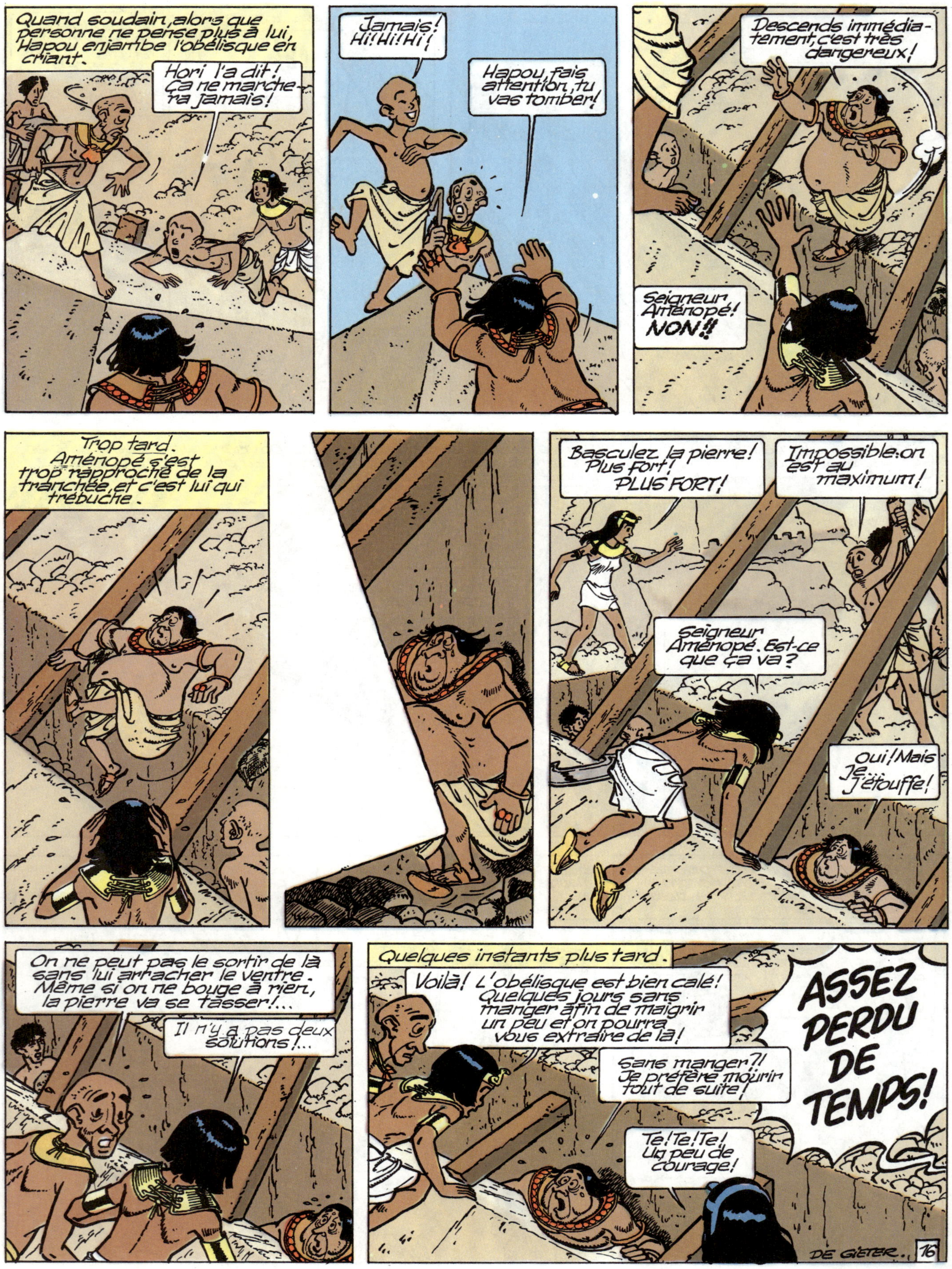

Quand soudain, alors que personne ne pense plus à lui, Hapou enjambe l'obélisque en criant.
Hori l'a dit! Ça ne marchera jamais!
Jamais! Hi! Hi! Hi!
Hapou, fais attention, tu vas tomber!
Descends immédiatement, c'est très dangereux!
Seigneur Aménopé! NON!!
Trop tard. Aménopé s'est trop rapproché de la tranchée et c'est lui qui trébuche.
Basculez la pierre! Plus fort! PLUS FORT!
Impossible: on est au maximum!
Seigneur Aménopé. Est-ce que ça va?
Oui! Mais je... j'étouffe!
On ne peut pas le sortir de là sans lui arracher le ventre. Même si on ne bouge à rien, la pierre va se tasser!...
Il n'y a pas deux solutions!...
Quelques instants plus tard.
Voilà! L'obélisque est bien calé! Quelques jours sans manger afin de maigrir un peu et on pourra vous extraire de là!
Sans manger?! Je préfère mourir tout de suite!
Te! Te! Te! Un peu de courage!
ASSEZ PERDU DE TEMPS!
DE GIETER
16

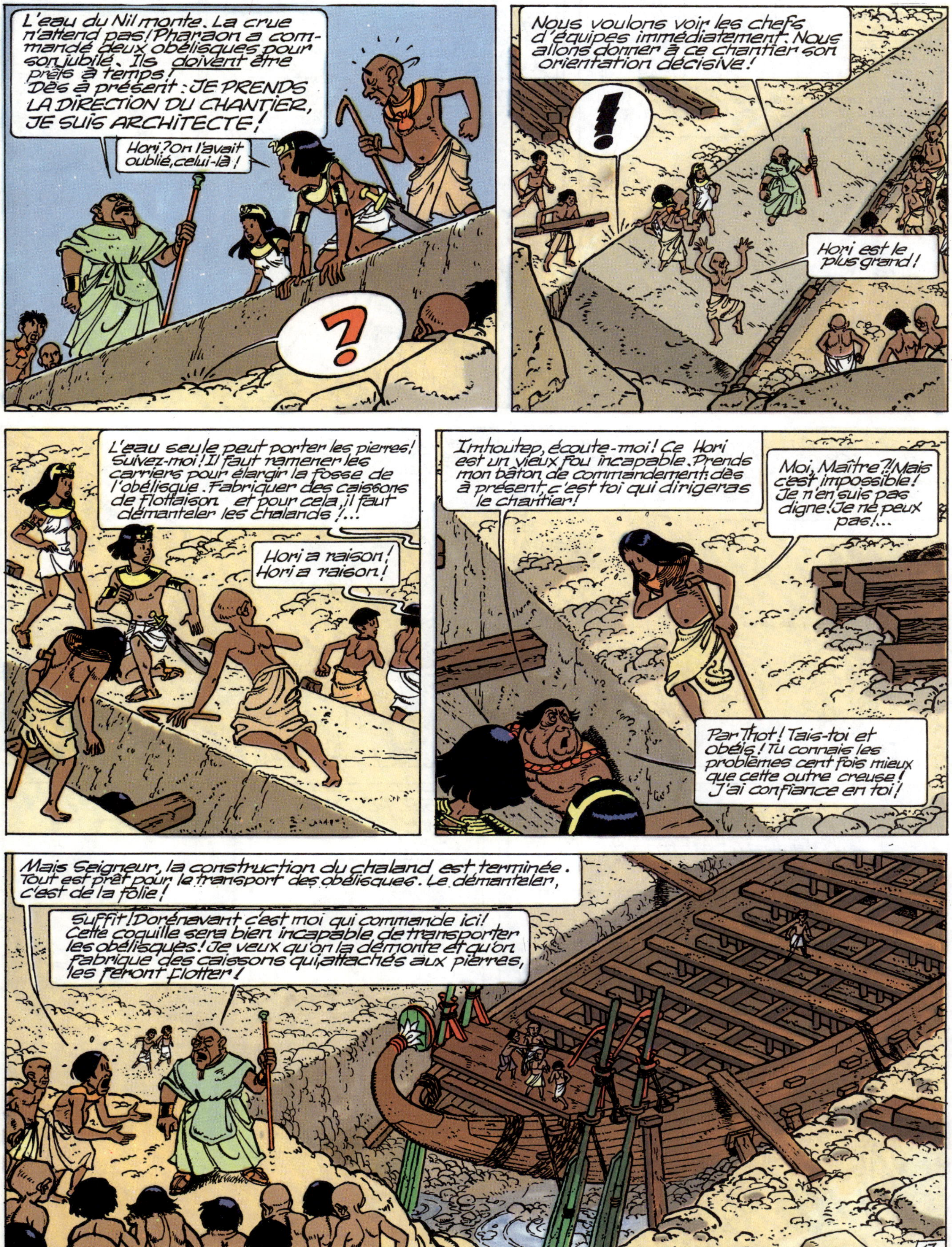
L'eau du Nil monte. La crue n'attend pas! Pharaon a commandé deux obélisques pour son jubilé. Ils doivent être prêts à temps! Dès à présent: JE PRENDS LA DIRECTION DU CHANTIER, JE SUIS ARCHITECTE!
Hori? On l'avait oublié, celui-là!
?
Nous voulons voir les chefs d'équipes immédiatement. Nous allons donner à ce chantier son orientation décisive!
!
Hori est le plus grand!
L'eau seule peut porter les pierres! Suivez-moi! Il faut ramener les carriers pour élargir la fosse de l'obélisque. Fabriquer des caissons de flottaison et pour cela, il faut démanteler les chalands!...
Hori a raison! Hori a raison!
Imhoutep, écoute-moi! Ce Hori est un vieux fou incapable. Prends mon bâton de commandement: dès à présent, c'est toi qui dirigeras le chantier!
Moi, Maître?! Mais c'est impossible! Je n'en suis pas digne! Je ne peux pas!...
Par Thot! Tais-toi et obéis! Tu connais les problèmes cent fois mieux que cette outre creuse! J'ai confiance en toi!
Mais Seigneur, la construction du chaland est terminée. Tout est prêt pour le transport des obélisques. Le démanteler, c'est de la folie!
Suffit! Dorénavant c'est moi qui commande ici! Cette coquille sera bien incapable de transporter les obélisques! Je veux qu'on la démonte et qu'on fabrique des caissons qui, attachés aux pierres, les feront flotter!
DE GIETER
17

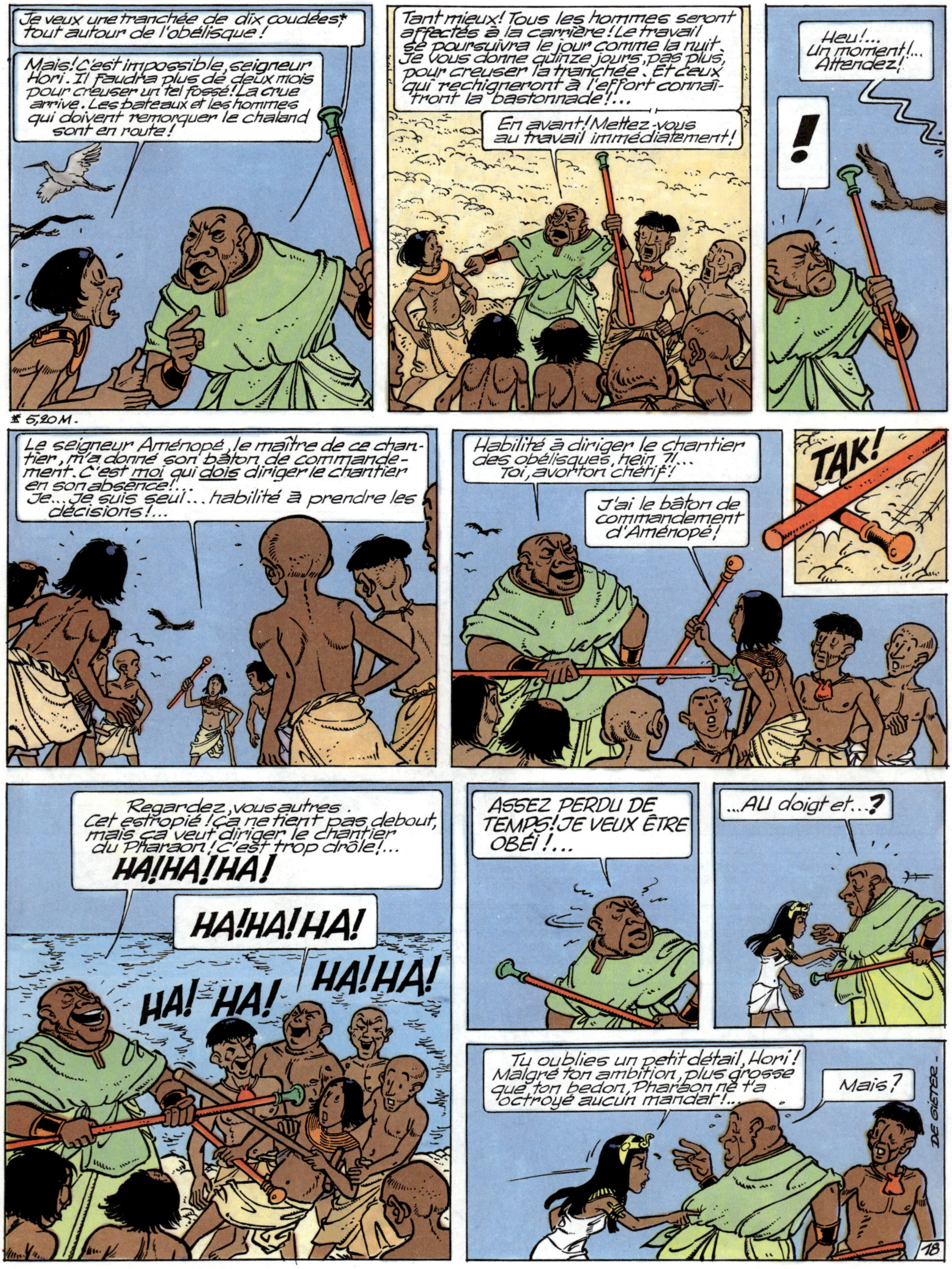

Je veux une tranchée de dix coudées* tout autour de l'obélisque !
Mais! C'est impossible, seigneur Hori. Il faudra plus de deux mois pour creuser un tel fossé! La crue arrive. Les bateaux et les hommes qui doivent remorquer le chaland sont en route!
* 5,20 M.
Tant mieux! Tous les hommes seront affectés à la carrière! Le travail se poursuivra le jour comme la nuit. Je vous donne quinze jours, pas plus, pour creuser la tranchée. Et ceux qui rechigneront à l'effort connaîtront la bastonnade!...
En avant! Mettez-vous au travail immédiatement!
Heu!... Un moment!... Attendez!
!
Le seigneur Aménopé, le maître de ce chantier, m'a donné son bâton de commandement. C'est moi qui dois diriger le chantier en son absence!...
Je... Je suis seul... habilité à prendre les décisions!...
Habilité à diriger le chantier des obélisques, hein ?!... Toi, avorton chétif!
J'ai le bâton de commandement d'Aménopé!
TAK!
Regardez, vous autres. Cet estropié! Ça ne tient pas debout, mais ça veut diriger le chantier du Pharaon! C'est trop drôle!... HA!HA!HA!
HA!HA!HA!
HA! HA!
HA!HA!
ASSEZ PERDU DE TEMPS! JE VEUX ÊTRE OBÉI!...
...AU doigt et...?
Tu oublies un petit détail, Hori! Malgré ton ambition, plus grosse que ton bedon, Pharaon ne t'a octroyé aucun mandat!...
Mais?
DE GIETER
18

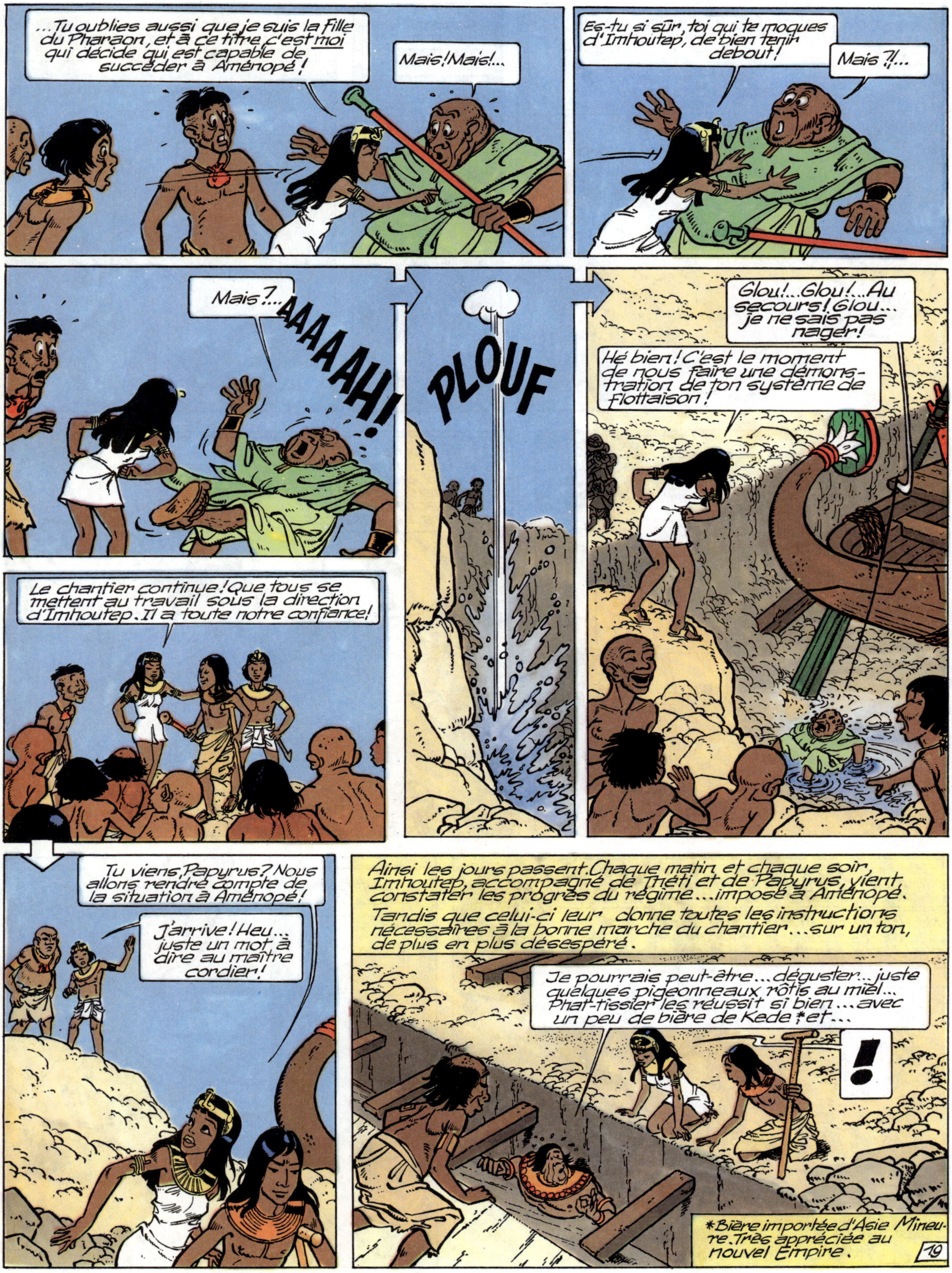
...Tu oublies aussi que je suis la Fille du Pharaon, et à ce titre c'est moi qui décide qui est capable de succéder à Aménopé !
Mais ! Mais !...
Es-tu si sûr, toi qui te moques d'Imhoutep, de bien tenir debout !
Mais ?!...
Mais ?...
AAAAAAH !
PLOUF
Glou !...Glou !...Au secours ! Glou... je ne sais pas nager !
Hé bien ! C'est le moment de nous faire une démonstration de ton système de flottaison !
Le chantier continue ! Que tous se mettent au travail sous la direction d'Imhoutep. Il a toute notre confiance !
Tu viens, Papyrus ? Nous allons rendre compte de la situation à Aménopé !
J'arrive ! Heu... juste un mot à dire au maître cordier !
Ainsi les jours passent. Chaque matin et chaque soir, Imhoutep, accompagné de Théti et de Papyrus, vient constater les progrès du régime... imposé à Aménopé.
Tandis que celui-ci leur donne toutes les instructions nécessaires à la bonne marche du chantier... sur un ton, de plus en plus désespéré.
Je pourrais peut-être... déguster... juste quelques pigeonneaux rôtis au miel... Phat-tissier les réussit si bien... avec un peu de bière de Kede*, et...
!
*Bière importée d'Asie Mineure. Très appréciée au nouvel Empire.
19

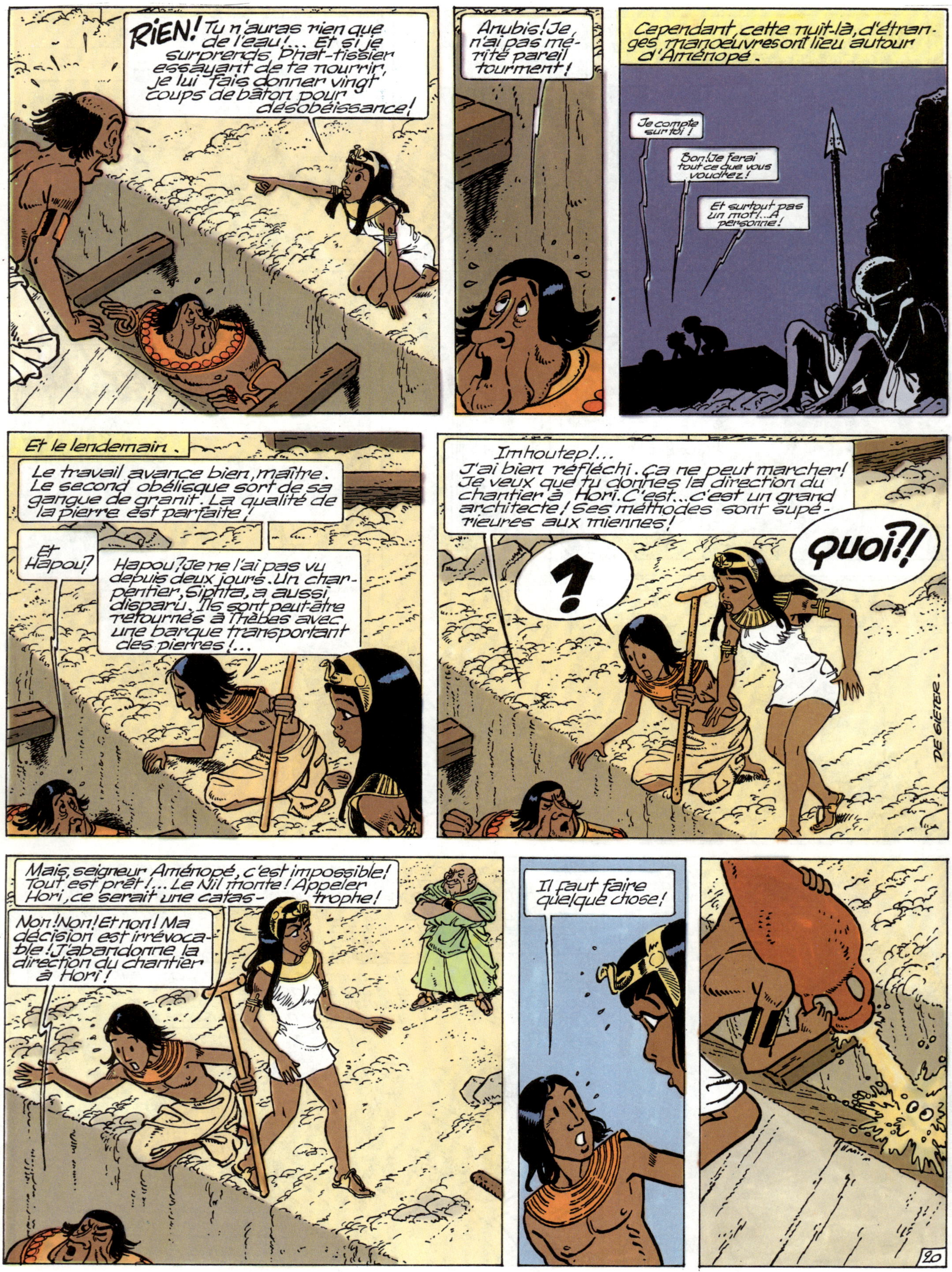

RIEN! Tu n'auras rien que de l'eau!... Et si je surprends Phat-tissier essayant de te nourrir, je lui fais donner vingt coups de bâton pour désobéissance!
Anubis! Je n'ai pas mérité pareil tourment!
Cependant, cette nuit-là, d'étranges manoeuvres ont lieu autour d'Aménopé.
Je compte sur toi!
Bon! Je ferai tout ce que vous voudrez!
Et surtout pas un mot!... A personne!
Et le lendemain.
Le travail avance bien, maître. Le second obélisque sort de sa gangue de granit. La qualité de la pierre est parfaite!
Et Hapou?
Hapou? Je ne l'ai pas vu depuis deux jours. Un charpentier, Siphta, a aussi disparu. Ils sont peut-être retournés à Thèbes avec une barque transportant des pierres!...
Imhoutep!... J'ai bien réfléchi. Ça ne peut marcher! Je veux que tu donnes la direction du chantier à Hori. C'est... c'est un grand architecte! Ses méthodes sont supérieures aux miennes!
?
QUOI?!
DE GIETER.
Mais, seigneur Aménopé, c'est impossible! Tout est prêt!... Le Nil monte! Appeler Hori, ce serait une catastrophe!
Non! Non! Et non! Ma décision est irrévocable! J'abandonne la direction du chantier à Hori!
Il faut faire quelque chose!
20

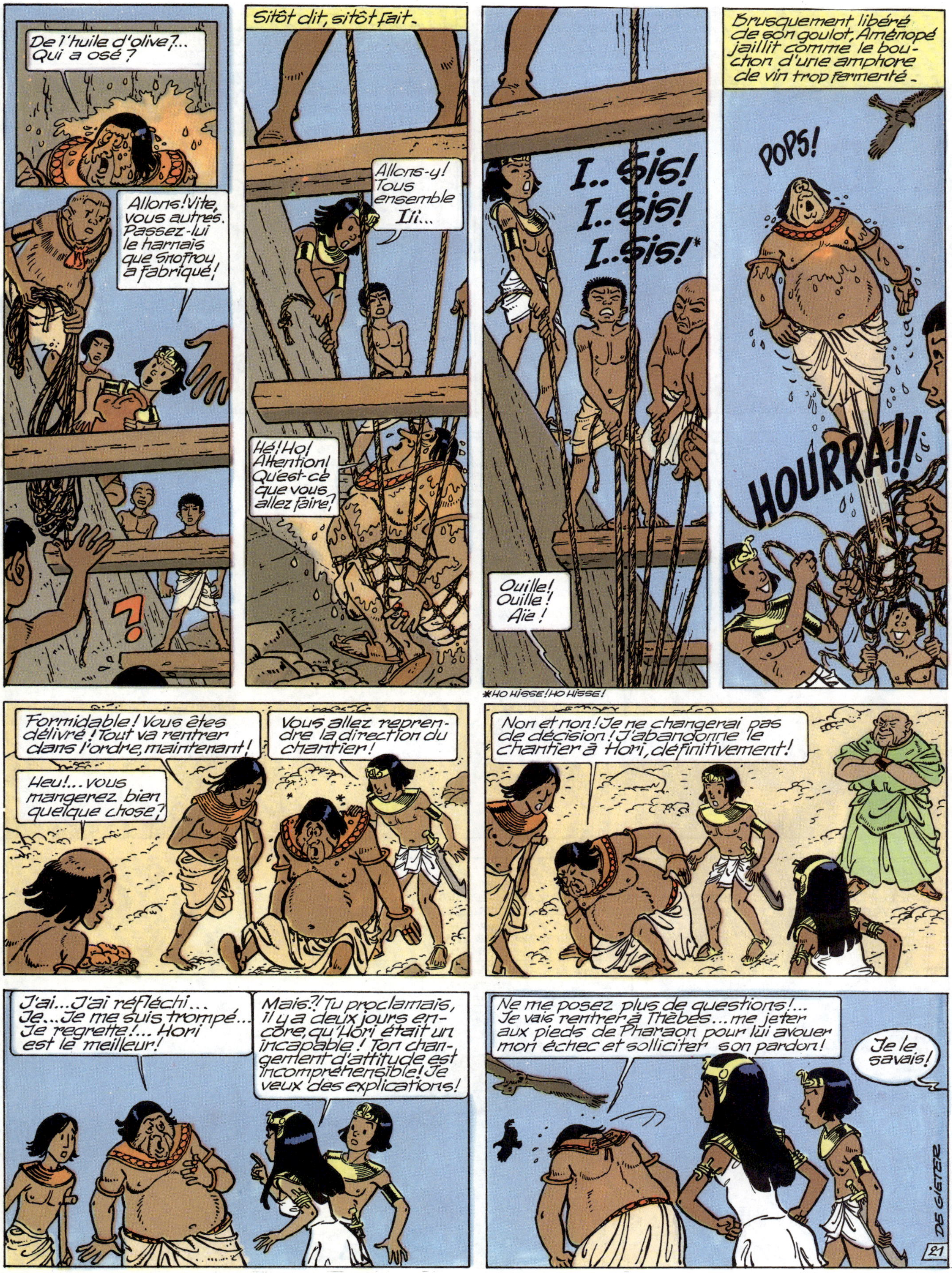
De l'huile d'olive?.. Qui a osé?
Allons! Vite, vous autres. Passez-lui le harnais que Snofrou a fabriqué!
?
Sitôt dit, sitôt fait.
Allons-y! Tous ensemble Iii...
Hé! Ho! Attention! Qu'est-ce que vous allez faire?
I..SIS! I..SIS! I..SIS!*
Ouille! Ouille! Aïe!
*HO HISSE! HO HISSE!
Brusquement libéré de son goulot, Aménopé jaillit comme le bouchon d'une amphore de vin trop fermenté.
POPS!
HOURRA!!
Formidable! Vous êtes délivré! Tout va rentrer dans l'ordre, maintenant!
Vous allez reprendre la direction du chantier!
Heu!... vous mangerez bien quelque chose?
Non et non! Je ne changerai pas de décision! J'abandonne le chantier à Hori, définitivement!
J'ai... J'ai réfléchi... Je... Je me suis trompé... Je regrette!... Hori est le meilleur!
Mais?! Tu proclamais, il y a deux jours encore, qu'Hori était un incapable! Ton changement d'attitude est incompréhensible! Je veux des explications!
Ne me posez plus de questions!... Je vais rentrer à Thèbes... me jeter aux pieds de Pharaon pour lui avouer mon échec et solliciter son pardon!
Je le savais!
DE GIETER
21

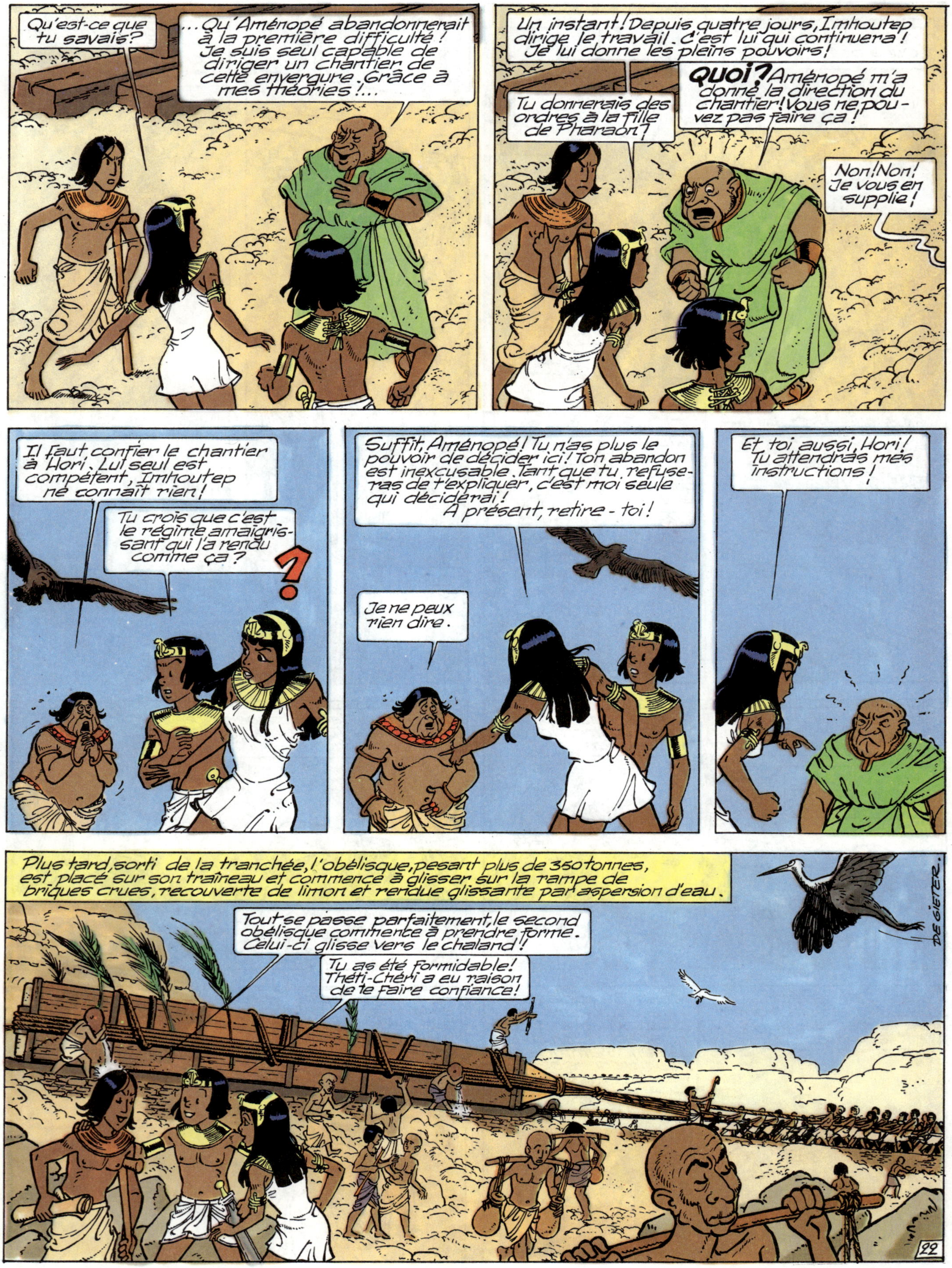
Qu'est-ce que tu savais?
...Qu'Aménopé abandonnerait à la première difficulté ! Je suis seul capable de diriger un chantier de cette envergure. Grâce à mes théories !...
Un instant! Depuis quatre jours, Imhoutep dirige le travail. C'est lui qui continuera! Je lui donne les pleins pouvoirs!
Tu donnerais des ordres à la fille de Pharaon?
QUOI? Aménopé m'a donné la direction du chantier! Vous ne pouvez pas faire ça!
Non! Non! Je vous en supplie!
Il faut confier le chantier à Hori. Lui seul est compétent, Imhoutep ne connaît rien!
Tu crois que c'est le régime amaigrissant qui l'a rendu comme ça?
?
Suffit, Aménopé! Tu n'as plus le pouvoir de décider ici! Ton abandon est inexcusable. Tant que tu refuseras de t'expliquer, c'est moi seule qui déciderai! À présent, retire-toi!
Je ne peux rien dire.
Et toi aussi, Hori! Tu attendras mes instructions!
Plus tard, sorti de la tranchée, l'obélisque, pesant plus de 350 tonnes, est placé sur son traîneau et commence à glisser sur la rampe de briques crues, recouverte de limon et rendue glissante par aspersion d'eau.
Tout se passe parfaitement, le second obélisque commence à prendre forme. Celui-ci glisse vers le chaland!
Tu as été formidable! Théti-Chéri a eu raison de te faire confiance!
DE GIETER
22

Peut-être! Mais pour la navigation, je ne sais pas comment faire. Améhopé reste prostré dans sa maison et refuse de collaborer!
Allons le trouver tous ensemble. Peut-être pourrions-nous le convaincre!
Alors, Mesamon, tout va bien?
C'est-à-dire,... Princesse, un de mes gardes en inspection dans le désert, a trouvé un homme mort d'un coup de poignard!
Un homme assassiné?
Il s'agit d'un des deux arpenteurs, envoyés en aval surveiller la crue du Nil. J'ai dépêché un homme sur place pour voir où est le second arpenteur!
L'homme tenait dans sa main crispée le noeud arraché d'un pagne!
Peut-être une rixe entre les deux arpenteurs?
Oh! Regardez qui arrive là!
Hapou?
D'où vient-il? Il avait disparu! Qu'est-ce qu'il a dans la main?
Par Horus! C'est un poignard ensanglanté!
Regardez, chef! Le noeud de son pagne est déchiré!
Hapou! D'où viens-tu? Que fais-tu avec ça? Hapou!... Réponds!
Non! Non!... Hapou ne sait pas!... Hapou ne sait rien!
CHEF! CHEF!
DE GIETER
23

C'est le soldat que j'ai envoyé en aval !
LE SECOND ARPENTEUR A ÉTÉ TUÉ !
Hapou ne sait pas !
C'EST LUI, L'ASSASSIN !
IL A TUÉ DEUX DES NÔTRES !
À MORT !
VENGEANCE !
LAPIDONS-LE !
Qu'est-ce qui vous prend ? Attendez ! On ne peut pas le condamner comme ça !
Vite ! Chef ! Il faut les arrêter !
Les arrêter ? Pourquoi, Princesse ? Je suis ici pour maintenir l'ordre, pas pour protéger les assassins ! Le mieux, c'est de l'abandonner à la colère des ouvriers. Il mérite la mort !
Cependant, de seconde en seconde, le groupe des ouvriers devient plus menaçant.
On ne vous veut pas de mal !
Laissez-nous Hapou !
C'est un criminel. Il doit payer !
Non ! Je ne le laisserai pas massacrer comme ça !
Mais soudain...
HAPOU ! À MOI ! VITE !
Déboulant au milieu des ouvriers, le char d'Aménopé bouscule tout sur son passage, tandis que, profitant du désarroi, le gros architecte arrache Hapou à la colère des hommes.
Par ici ! Saute !
DE GIETER
24

Laissant tout le monde éberlué.
HA!HA!HA! Et voilà le fou qui dirigeait le chantier de Pharaon, c'est trop drôle!
Je veux espérer que cette fois, belle princesse, vous laisserez à votre serviteur le soin de reprendre la direction de ce chantier!
?
?
!
Pas si vite! Le chantier continuera sous la direction d'Imhoutep. Amenez-moi un char. Nous partons à la poursuite d'Aménopé!...
Et si dans... deux jours, nous ne sommes pas de retour, Hori sera le maître du chantier! Pas avant!
Faut-il vous accompagner, Princesse?
Plus tard...
Quelle mouche a piqué Aménopé?
Je n'y comprends rien. Son comportement est devenu incompréhensible depuis qu'il est sorti de la tranchée!
Par Horus! Nos chevaux sont moins rapides que les siens. Nous perdons du terrain! Le nuage de poussière qui nous guide a presque disparu!
Non! Regarde là! La poursuite est terminée!
OH!
DE GIETER 86.
Aménopé? Hapou? Ils sont...?
25

Aménopé ?!... Tu es blessé ?...
Oooooh ?... Non ! Ça va !... Ça va bien !... Seulement un peu étourdi !... C'est vous, Princesse ? Je suis content de vous voir !
COMMENT, CONTENT ?... TU ABANDONNES TON CHANTIER ! TU LÂCHES IMHOUTEP ET TOUS CEUX QUI T'ONT FAIT CONFIANCE ! TU FILES COMME UN LIÈVRE ET TU ES CONTENT ?... TU TE MOQUES DE MOI !?
Mais ?... Mais ?...
Je vous comprends, Princesse ! Mais maintenant, je peux m'expliquer !... HAPOU EST MON FILS !
Fils !
Quoi ?
Oui !... Il y a bien longtemps, je n'étais encore qu'un novice, j'ai rencontré une jeune femme qui m'a donné un fils ! Pour ne pas entraver ma carrière au temple, j'ai refusé de l'épouser et...
Et ?...
...Elle est morte de chagrin à la naissance de l'enfant. En secret, j'ai fait élever Hapou et quand il a atteint ses quinze ans, je l'ai fait entrer au temple. Hélas, pour me punir, les dieux ont pris sa raison !
Personne ne connaissait mon secret, excepté Hori, avec qui je partageais ma cellule de novice. Il a menacé de tout révéler si je ne lui abandonnais pas la direction du chantier. Comme il n'a pas réussi, il s'est vengé en faisant d'Hapou un assassin !
Non ! Non ! Hapou ne sait rien !
Mais il n'a pas tué, j'en suis sûr !
Moi non plus, je ne le crois pas coupable. Mais tout le désigne !
Hapou ne sait rien ! Hapou ne sait rien !
Impossible d'en tirer quelque chose !
DE GIETER 86
Il faut retourner à Assouan ! Tu dois reprendre la direction du chantier et nous démasquerons Hori !
À quatre ? Notre char ne résistera pas !
26

Heureusement, nous avons pu trouver ce petit voilier. Les pêcheurs du Nil sont toujours serviables!
Surtout avec la fille de Pharaon!
Avec le vent qui souffle du delta, nous serons bientôt à Assouan.
Soudain un faible appel, apporté par le vent...
Seigneur A... Aménopé!
Ça vient des roseaux!
Là! Un homme se noie!
Par les dieux! Mais c'est Siphta, le charpentier qui avait disparu! Que fais-tu là, mon pauvre ami?
Hapou a peur de Siphta!
Bénis soient les dieux! Je meurs, mais pas sans votre pardon!
Pour l'or d'Hori, j'ai... j'ai accepté de tuer les deux arpenteurs... et... de faire retomber les... soupçons... sur Hapou! En récompen...se, Hori m'a... ...poignardé... et... jeté... dans... le... Nil...
Par... don!...
Je te pardonne, Siphta! Nous allons te ramener au chantier pour te soigner. Courage!
Inutile, Aménopé! Il est mort!
Encore un qui ne parlera plus!
Papyrus, il faut retourner à Assouan au plus vite! Imhoutep est resté seul face à Hori! Il est en danger!
Tu crois?
IMHOUTEP, ATTENTION!
DE GIETER 88
27

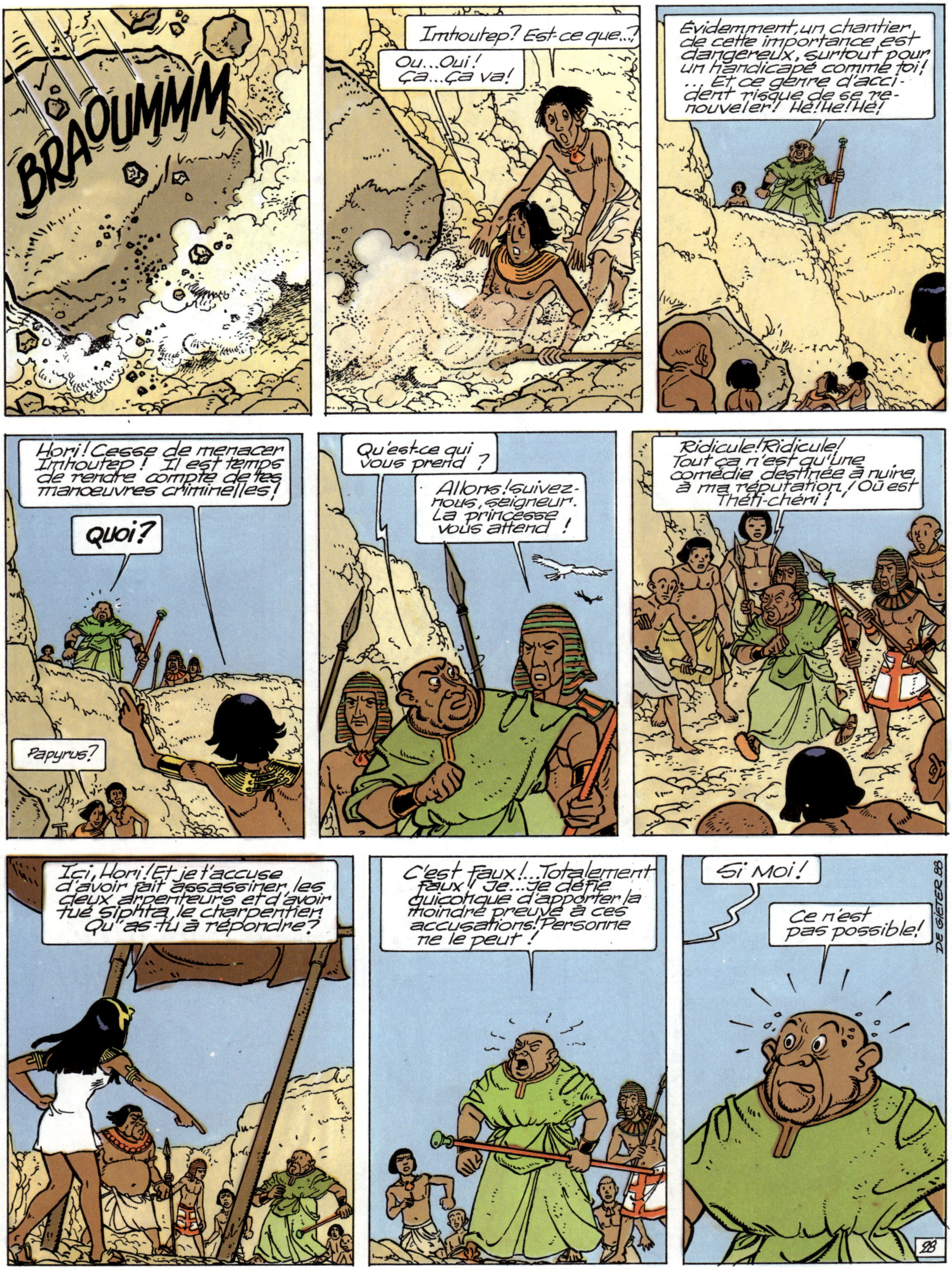
BRAOUMMM
Imhoutep? Est-ce que...?
Ou...Oui! Ça...Ça va!
Évidemment, un chantier de cette importance est dangereux, surtout pour un handicapé comme toi! ... Et ce genre d'accident risque de se renouveler! Hé! Hé! Hé!
Hori! Cesse de menacer Imhoutep! Il est temps de rendre compte de tes manoeuvres criminelles!
Quoi?
Papyrus?
Qu'est-ce qui vous prend?
Allons! suivez-nous, seigneur. La princesse vous attend!
Ridicule! Ridicule! Tout ça n'est qu'une comédie destinée à nuire à ma réputation! Où est Théti-chéri!
Ici, Hori! Et je t'accuse d'avoir fait assassiner les deux arpenteurs et d'avoir tué Siphta, le charpentier. Qu'as-tu à répondre?
C'est faux!... Totalement faux! Je... je défie quiconque d'apporter la moindre preuve à ces accusations! Personne ne le peut!
Si Moi!
Ce n'est pas possible!
DE GIETER 88
28

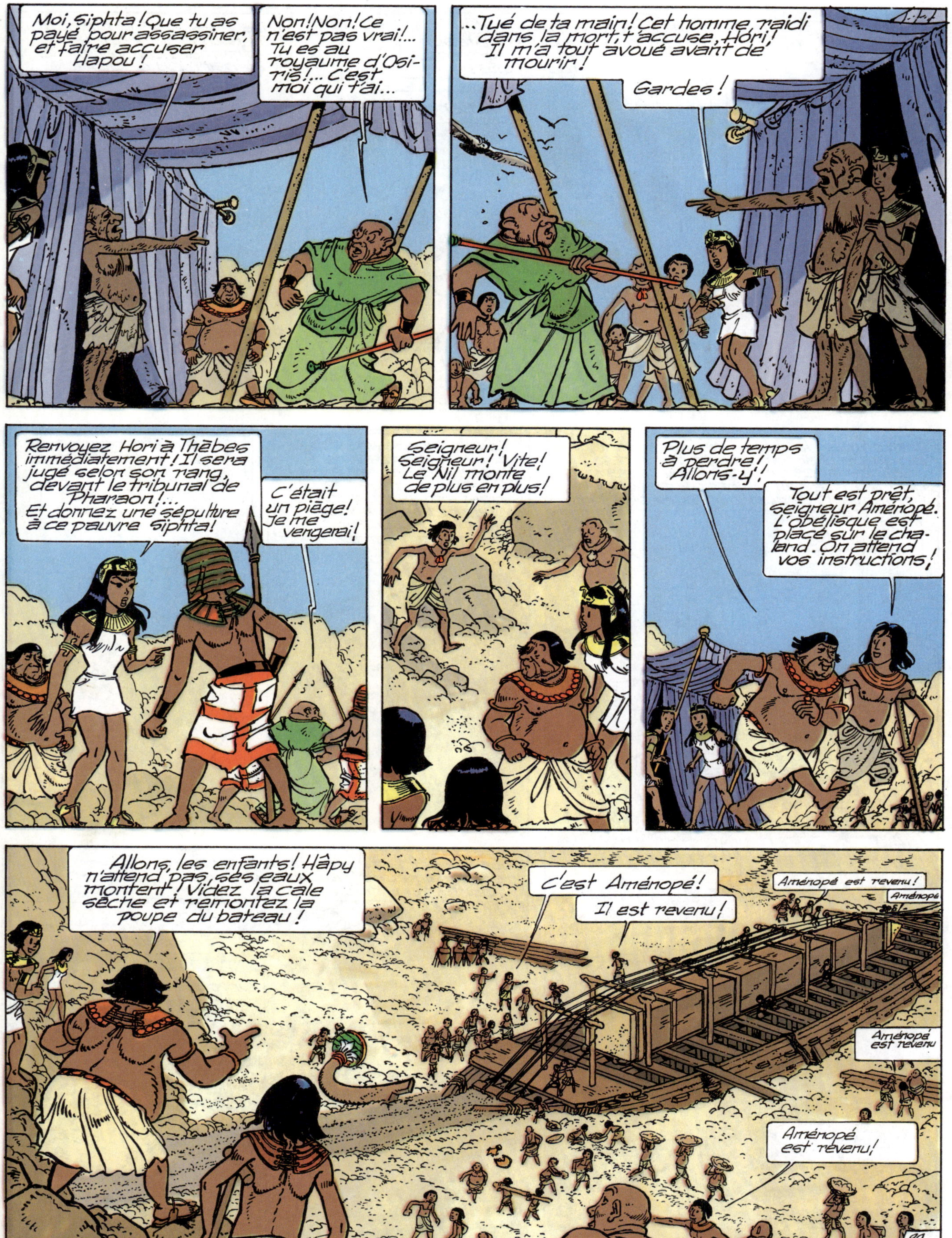
Moi, Siphta ! Que tu as payé pour assassiner, et faire accuser Hapou !
Non ! Non ! Ce n'est pas vrai !... Tu es au royaume d'Osiris !... C'est moi qui t'ai...
...Tué de ta main ! Cet homme raidi dans la mort, t'accuse, Hori ! Il m'a tout avoué avant de mourir !
Gardes !
Renvoyez Hori à Thèbes immédiatement ! Il sera jugé selon son rang, devant le tribunal de Pharaon !... Et donnez une sépulture à ce pauvre Siphta !
C'était un piège ! Je me vengerai !
Seigneur ! Seigneur ! Vite ! Le Nil monte de plus en plus !
Plus de temps à perdre ! Allons-y !
Tout est prêt, seigneur Aménopé. L'obélisque est placé sur le chaland. On attend vos instructions !
Allons, les enfants ! Hâpy n'attend pas, ses eaux montent ! Videz la cale sèche et remontez la poupe du bateau !
C'est Aménopé !
Il est revenu !
Aménopé est revenu !
Aménopé
Aménopé est revenu
Aménopé est revenu !
29

Heu!... Hum! Hum!
?
Pour votre retour, j'ai fait ces quelques gâteaux au miel, Seigneur Aménopé, ils sont tout frais!
Aménopé!
Ce n'est pas le moment! Il faut organiser le chantier! Surveiller le départ du chaland! Donner des ordres!
Va porter ça à Hapou, il se repose de ses émotions!
Fustigé par le retour du "patron", tout ce que le chantier compte d'hommes valides s'est mis au travail, tandis que la crue fait monter les eaux, lentement. Et quelques jours plus tard...
Ça bouge! Ça bouge!
Tout le monde en place pour la manœuvre! Faites sauter les étais!... Quatre hommes aux gouvernails! Appelez les bateaux remorqueurs!
Je veux descendre le Nil jusqu'à Thèbes à bord de la barge!
Je viens aussi!
Plus tard, tracté par douze barques de dix rameurs, l'énorme convoi quitte son dock.
Cinq coudées! Cinq coudées et demi! Six coudées!
On passe!
HOURRA!
DE GIETER.
30

Oôôô! Noble Aménopé, dans quelques jours, Thèbes tout entière célèbrera ton nom' !
!
Princesse?... Il serait préférable de m'accompagner sur le bateau pilote. Le voyage sur la barge peut être dangereux!
Nous prenons le risque, par Horus!
Dirigée par un pilote chevronné, la barge a dépassé l'île Eléphantine pour se porter au milieu du fleuve, évitant les rives devenues incertaines avec la montée des eaux. Une journée entière, le cortège majestueux descend vers Thèbes, sous les yeux émerveillés des fellahs.
Le courant est si fort qu'il n'est pas nécessaire de tirer la barge. Les bateaux sont là uniquement pour la maintenir au milieu du fleuve!
C'est pourquoi Aménopé a accroché quatre bateaux à l'arrière, ils pourront, en cas de besoin, freiner le convoi!
Cependant, à l'avant, le sondeur égrène les chiffres indicateurs des profondeurs.
Vingt coudées!... quinze coudées!... douze...
Et soudain, l'homme de sonde pousse un cri d'angoisse...
Six coudées! QUATRE C....?
ATTENTION!
Un choc terrible.
CRRRRAAAC!
Le chaland s'est échoué! Par Anubis! l'obélisque glisse!
Nous allons être écrasés!
DE GIETER 88
31

Par Horus! Sauvons-nous!
NON!
SI LA BARGE SE MET "VENT TRAVERS", TOUT EST PERDU!
Déjà bloqué par sa proue, privé de direction, l'énorme bateau pivote lentement.
Théti! Imhoutep! Aux avirons! Vite! Cramponnez-vous!
ARRÊTEZ DE TRACTER! TOUS LES BATEAUX À BABORD POUR REDRESSER LA BARGE!
Le pilote! OÙ EST LE PILOTE?
Inutile de t'époumoner, il s'est sauvé le premier!
Tu crois que...?
Oui! Il l'a fait volontairement! Je ne serais pas étonnée d'apprendre qu'Hori est derrière tout ça!
Victoire! La barge se redresse!
Le moment de terreur passé, les hommes de barre remontent sur la barge...
Si la coque est percée, le bateau est condamné. On ne pourra pas le maintenir longtemps dans le courant.
Papyrus, que fais-tu?
Je vais voir!
32

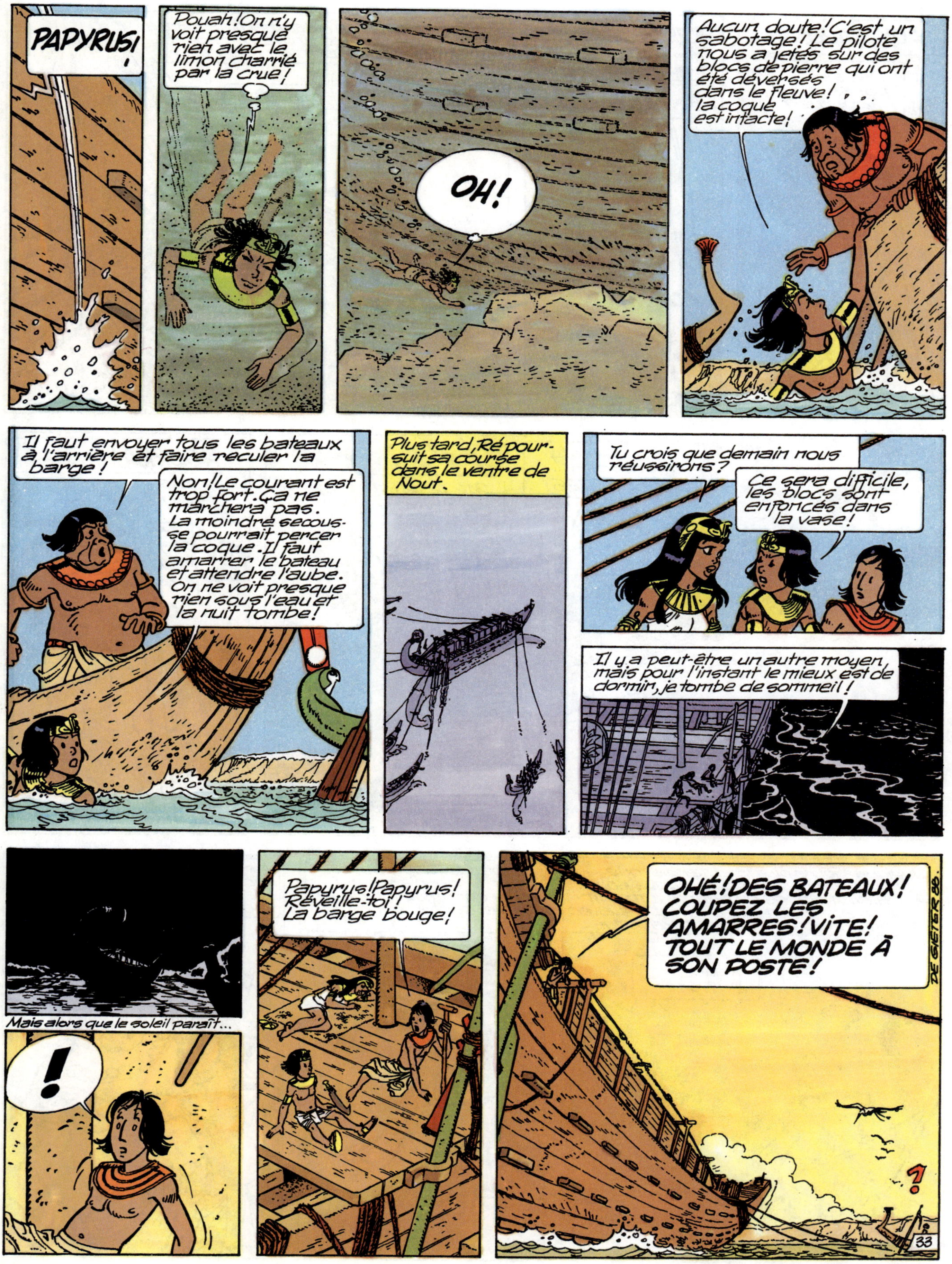

PAPYRUS!
Pouah! On n'y voit presque rien avec le limon charrié par la crue!
OH!
Aucun doute! C'est un sabotage! Le pilote nous a jetés sur des blocs de pierre qui ont été déversés dans le fleuve! . . . la coque est intacte!
Il faut envoyer tous les bateaux à l'arrière et faire reculer la barge!
Non! Le courant est trop fort. Ça ne marchera pas. La moindre secousse pourrait percer la coque. Il faut amarrer le bateau et attendre l'aube. On ne voit presque rien sous l'eau et la nuit tombe!
Plus tard, Ré poursuit sa course dans le ventre de Nout.
Tu crois que demain nous réussirons?
Ce sera difficile, les blocs sont enfoncés dans la vase!
Il y a peut-être un autre moyen, mais pour l'instant le mieux est de dormir, je tombe de sommeil!
Mais alors que le soleil paraît...
!
Papyrus! Papyrus! Réveille-toi! La barge bouge!
OHÉ! DES BATEAUX! COUPEZ LES AMARRES! VITE! TOUT LE MONDE À SON POSTE!
DE GIETER 98
?
33

AUX AVIRONS!
Que se passe-t-il, Papyrus?
Le niveau du fleuve a monté suffisamment cette nuit. J'espère que nous passerons!
Et sinon?
La coque cèdera!
Après un long frémissement, la barge remorquée par les bateaux repart lentement... raclant les pierres.
Quatre coudées!.. Quatre coudées!...
Cinq coudées!.. six coudées!.. DIX COUDÉES!
PAR HORUS! ÇA PASSE!
HOURRA! On passe!
Papyrus, tu es génial!
Quelques jours plus tard, tandis que l'obélisque descend le fleuve, sous les acclamations du peuple, un petit bateau arrive en vue de Thèbes, avec à son bord, Aménopé et Papyrus.
Nous arrivons!
Regarde, Papyrus! On met la dernière main à la construction de la cale sèche. Tout est prêt!
?
Ne chantez pas trop vite victoire, Seigneur Aménopé. J'ai plutôt l'impression que l'on démonte les constructions!
Par tous les dieux! Tu deviens fou?
DE GIETER
34

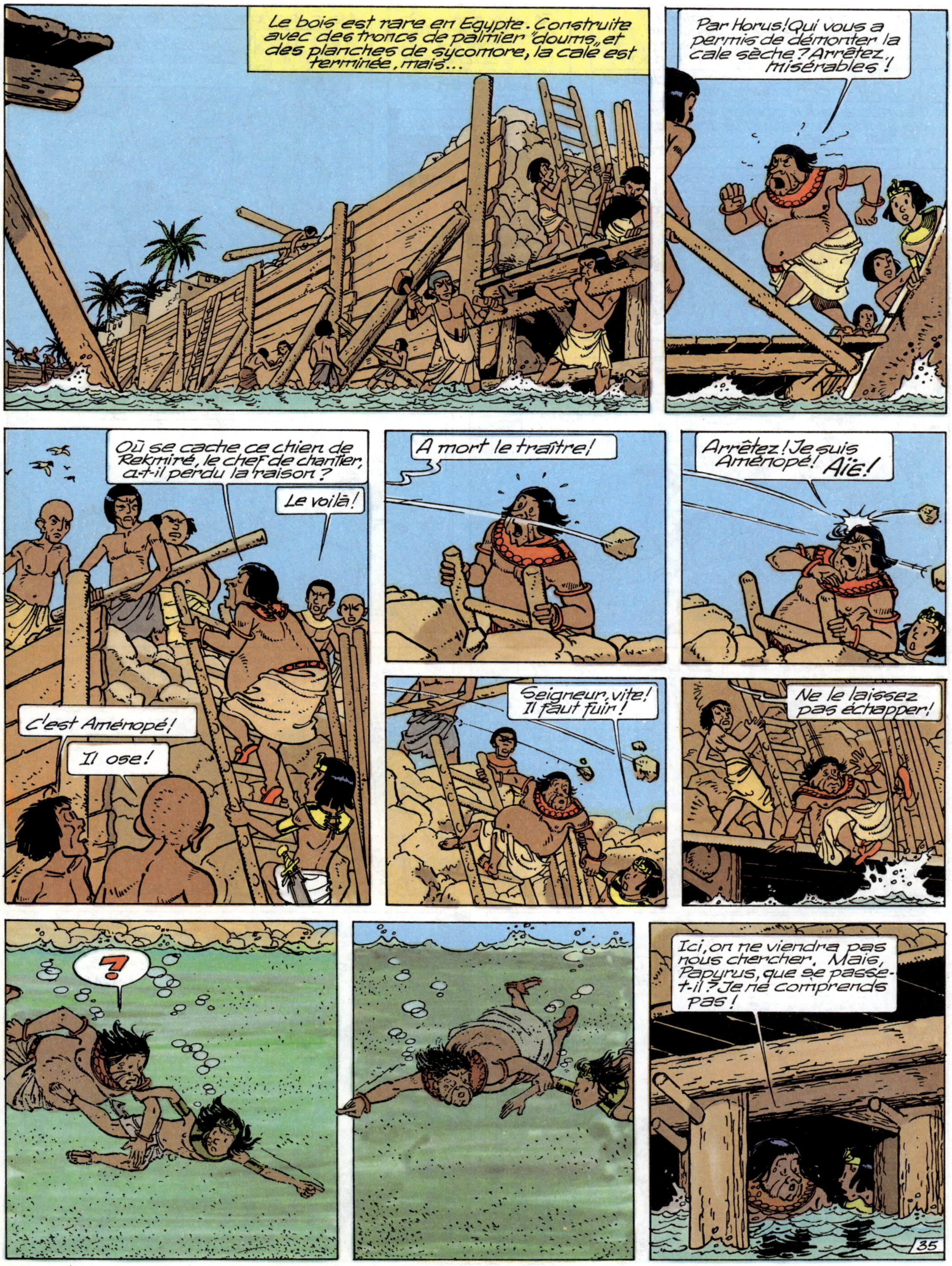
Le bois est rare en Egypte. Construite avec des troncs de palmier "doums„ et des planches de sycomore, la cale est terminée, mais...
Par Horus! Qui vous a permis de démonter la cale sèche? Arrêtez, misérables!
Où se cache ce chien de Rekmiré, le chef de chantier, a-t-il perdu la raison?
Le voilà!
C'est Aménopé!
Il ose!
A mort le traître!
Arrêtez! Je suis Aménopé! Aïe!
Seigneur, vite! Il faut fuir!
Ne le laissez pas échapper!
?
Ici, on ne viendra pas nous chercher. Mais, Papyrus, que se passe-t-il? Je ne comprends pas!
35

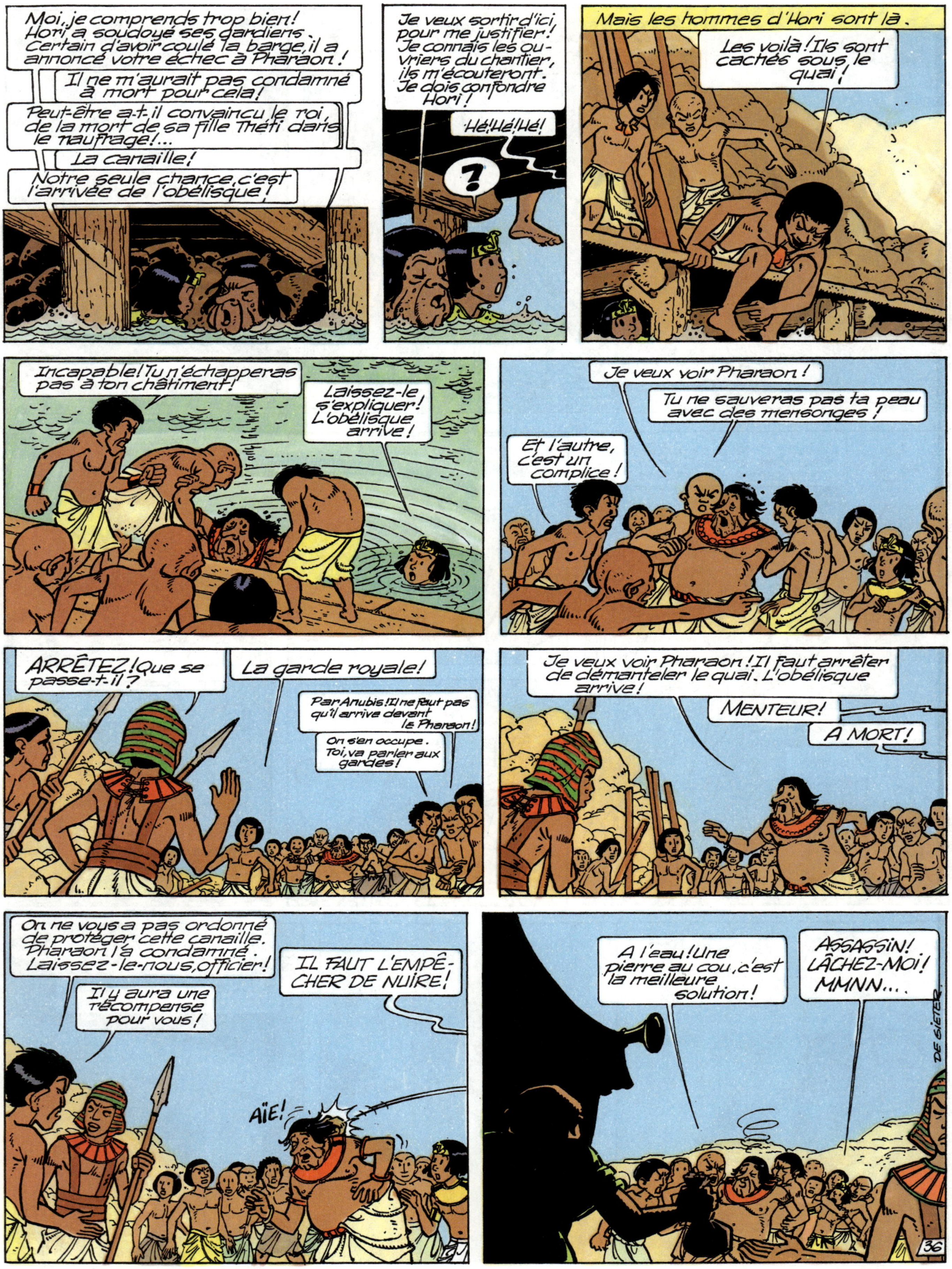
Moi, je comprends trop bien! Hori a soudoyé ses gardiens. Certain d'avoir coulé la barge, il a annoncé votre échec à Pharaon!
Il ne m'aurait pas condamné à mort pour cela!
Peut-être a-t-il convaincu le roi de la mort de sa fille Théti dans le naufrage!...
La canaille!
Notre seule chance, c'est l'arrivée de l'obélisque!
Je veux sortir d'ici, pour me justifier! Je connais les ouvriers du chantier, ils m'écouteront. Je dois confondre Hori!
Hé! Hé! Hé!
?
Mais les hommes d'Hori sont là.
Les voilà! Ils sont cachés sous le quai!
Incapable! Tu n'échapperas pas à ton châtiment!
Laissez-le s'expliquer! L'obélisque arrive!
Je veux voir Pharaon!
Tu ne sauveras pas ta peau avec des mensonges!
Et l'autre, c'est un complice!
ARRÊTEZ! Que se passe-t-il?
La garde royale!
Par Anubis! Il ne faut pas qu'il arrive devant le Pharaon!
On s'en occupe. Toi, va parler aux gardes!
Je veux voir Pharaon! Il faut arrêter de démanteler le quai. L'obélisque arrive!
MENTEUR!
A MORT!
On ne vous a pas ordonné de protéger cette canaille. Pharaon l'a condamné. Laissez-le-nous, officier!
Il y aura une récompense pour vous!
IL FAUT L'EMPÊCHER DE NUIRE!
AÏE!
A l'eau! Une pierre au cou, c'est la meilleure solution!
ASSASSIN! LÂCHEZ-MOI! MMNN...
DE SIETER
36

VOUS ÊTES F... HOW!
Et le gamin?
A l'eau également!
Hé! Hé! Hé!
Face aux ouvriers pétrifiés, les hommes de main d'Hori, exécutent leur basse besogne.
On... On ne peut pas exécuter Aménopé comme ça!
Ne vous occupez pas de ça, vous autres!
Dépêchez-vous! Les ouvriers commencent à s'agiter!
Pousse-les dans l'eau!
Mais, au moment où les deux corps vont basculer dans le Nil, un éclair éblouissant arrête les tueurs.
OH! LÀ! REGARDEZ!
Par tous les dieux!
L'OBÉLISQUE!
Un instant, alors que la barge amorce un virage majestueux, la pointe de l'obélisque, gainée d'électrum, a renvoyé le faisceau éblouissant du soleil, embrasant les deux victimes.
Et la princesse Théti-chéri!
DE GIETER 88
37

L'obélisque!
L'obélisque!
Hourra!
Vive Aménopé!
Pour nous c'est fichu, filons!
Hourra!
Allons! Au travail! Dégagez l'entrée du chenal! Attrapez les amarres!
Que se passe-t-il?
Cependant...
Un instant, seigneur Hori. Pharaon aimerait certainement avoir quelques explications sur votre attitude!
Papyrus, tout va bien?
Tout va bien!
Et dans l'enthousiasme de tout le peuple, hommes, femmes, enfants, chacun désirant participer à l'oeuvre commune, la barge est halée et la cale sèche entièrement remblayée.
L'obélisque peut commencer son voyage vers le temple.
Magnifique! Seigneur Aménopé, vous avez réussi!
38
N'allons pas trop vite! Face au temple, il faut redresser le monolithe. Et c'est le plus délicat!
DE GIETER.

Lentement, halée par des milliers de bras, l'énorme aiguille de pierre glisse vers le sommet de la rampe, face aux pylônes... BUT DU VOYAGE.
Tandis que la princesse Théti-Chéri rejoint Pharaon et sa cour qui assistent, du haut pylône, à la mise en place de l'obélisque, enfin, il arrive...
Vive Aménopé!
Vive Papyrus!
...Juste au-dessus du silo de sable, aménagé dans l'épaisseur de la rampe.
Tous en place! Imhoutep, fais vider le silo! Les deux files doivent vider le sable à la même cadence!
39

Et n'oublie pas: Pharaon, roi des deux terres, vie, force, santé, a les yeux sur toi!
Tel un gigantesque sablier, le silo se vide et l'aiguille de pierre s'enfonce, lentement.
Très bien! L'obélisque descend parfaitement! continuez!
Vous pouvez continuer à vider le silo!
Mais soudain...
HA!HA! HA!HA!
Attention!
Que se passe-t-il?
L'obélisque pivote!
ARRÊTEZ!
ARRÊTEZ!
DE GIETER 88
40

HORI A RAISON! ÇA NE MARCHERA JAMAIS!
Hapou?
HA!HA!HA!HA! L'OBÉLISQUE VA SE BRISER!
Qui ose interrompre la cérémonie?
Hapou! Calme-toi, je t'en prie!
Saisissez cet individu et attachez-le au sommet de l'obélisque! Si celui-ci se brise, il périra!
NON!
Seigneur Pharaon! Pitié pour lui, il ne sait pas ce qu'il fait! Ne commandez pas ça!
Aménopé! Ne discute pas les ordres de Pharaon. Obéis!
Non! Non! Ce n'est pas possible! C'est... C'est mon fils! Je ne peux... pas... Je Je... Aaaaah!...
Il a un malaise, Seigneur Pharaon. Il faut l'emmener pour le soigner!
Nésimontou, appelle mes médecins. Il faut sauver Aménopé!
Et pour l'obélisque?
IL FAUT CONTINUER! JE SUIS PRÊT!
DE GIETER
41

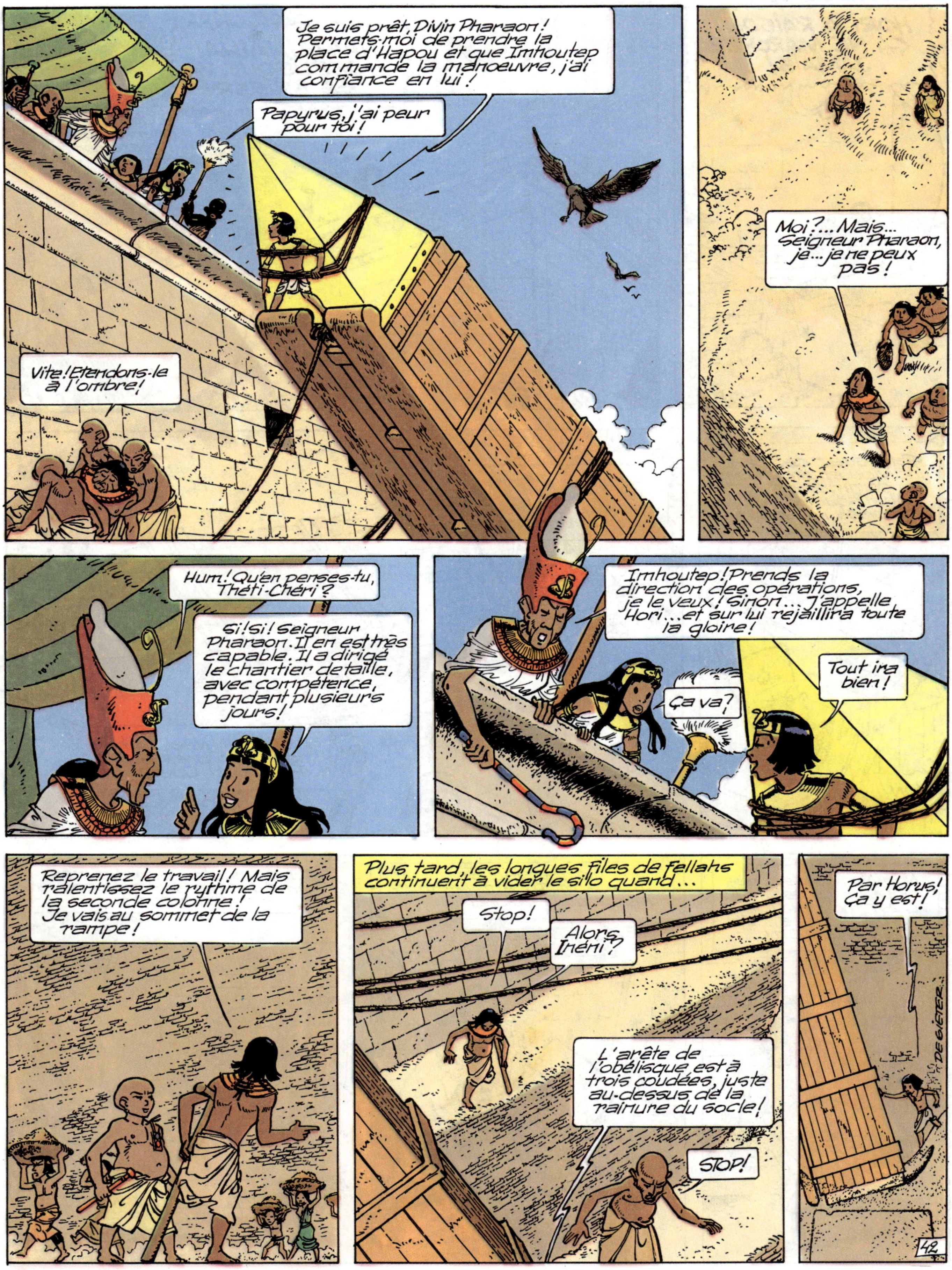
Je suis prêt, Divin Pharaon ! Permets-moi de prendre la place d'Hapou et que Imhoutep commande la manoeuvre, j'ai confiance en lui !
Papyrus, j'ai peur pour toi !
Vite ! Etendons-le à l'ombre !
Moi ?... Mais... Seigneur Pharaon, je... je ne peux pas !
Hum ! Qu'en penses-tu, Théti-Chéri ?
Si ! Si ! Seigneur Pharaon. Il en est très capable. Il a dirigé le chantier de taille, avec compétence, pendant plusieurs jours !
Imhoutep ! Prends la direction des opérations, je le veux ! Sinon... J'appelle Hori... et sur lui rejaillira toute la gloire !
Ça va ?
Tout ira bien !
Reprenez le travail ! Mais ralentissez le rythme de la seconde colonne ! Je vais au sommet de la rampe !
Plus tard, les longues files de fellahs continuent à vider le silo quand...
Stop !
Alors, Inéni ?
L'arête de l'obélisque est à trois coudées, juste au-dessus de la rainure du socle !
STOP !
Par Horus ! Ça y est !
DE GIETER
42

Papyrus? Est-ce que ça va ?...
Un peu secoué, mais ça va!
Qu'Horus me vienne en aide! C'est maintenant l'opération la plus délicate!
Courage, Imhoutep!
Allez-y! Commencez à tirer!
Lentement, l'obélisque se redresse, pour arriver brusquement à son point d'équilibre, hésite un moment, puis emporté par sa masse énorme, il bascule dans l'autre sens...
L'ÉQUIPE DE PTAH! VITE! RETENEZ L'OBÉLISQUE!
Un dernier frémissement et l'obélisque se fige.
OUF!
HOURRA!
HOURRA!
DE GIETER
43

épilogue

Je remercie Messieurs Jean-Claude Golvin et Jean-Claude Goyon, égyptologues, pour leurs précieux conseils. Et leur livre: "les Bâtisseurs de karnak" Presse du C.N.R.S.

Couleur : Colette Pollet.

Les albums du journal Spirou

AGENT 212

1. 24 heures sur 24
2. Au nom de la loi
3. Sens interdit
4. Voie sans issue
5. Poulet aux amendes
6. Ronde de nuit
7. Un flic à l'ombre
8. Pas de panique

ARCHIE CASH

1. Le maître de l'épouvante
2. le carnaval des zombies
3. Le déserteur de Toro-Toro
4. Un train d'enfer
5. Cibles pour Long-Thi
6. Où règnent les rats
7. Le démon aux cheveux d'ange
8. Asphalte
9. Le cagoulard aux yeux rouges
10. Le chevalier de la mort verte
11. The Pop Corn Brothers
12. Les petits bouddhas qui chantent faux
13. Les Rastas et le bouffon bleu
14. Chasse-cœur à Koa-Gulé

ARISTOTE ET SES POTES

1. Service compris

ARKEL

1./2. Spécial double : Les sept diables supérieurs
3. Lilith

BENOIT BRISEFER

1. Les taxis rouges
2. Madame Adolphine
3. Les douze travaux de Benoît Brisefer
4. Tonton Placide
5. Le cirque Bodoni
6. Lady d'Olphine
7. Le fétiche

BERTHET

1. Le privé d'Hollywood
2. Mortes saisons
3. Couleur café
4. Amerika

BIDOUILLE ET VIOLETTE

1. Les premiers mots
2. Les jours sombres
3. La reine des glaces
4. La ville de tous les jours

BOBO

1. Bobo prend l'air
2. Bobo prend la mer
3. Bobo comic's troupier
4. Un sac en cavale
5. Destination Lune
6. L'homme-obus
7. La prison dorée
8. Le volontaire
9. Le professionnel

BOULE ET BILL

60 gags de Boule et Bill 1
60 gags de Boule et Bill 2
60 gags de Boule et Bill 3
60 gags de Boule et Bill 4
60 gags de Boule et Bill 5
60 gags de Boule et Bill 6
60 gags de Boule et Bill 7
8. Papa, maman, Boule et... moi
9. Une vie de chien
10. Attention, chien marrant!
11. Jeux de Bill
12. Ce coquin de cocker
13. Carnet de Bill
14. Ras le Bill!
15. Bill, nom d'un chien!
16. Souvenirs de famille
17. Tu te rappelles, Bill?
18. Bill est maboul!
19. Globe-trotters
20. Strip Cocker
21. Billets de Bill

BROUSSAILLE

1. Les baleines publiques
2. Les sculpteurs de lumière

BUCK DANNY

1. Les Japs attaquent
2. Les mystères de Midway
3. La revanche des Fils du Ciel
4. les Tigres Volants
5. Dans les griffes du Dragon Noir
6. Attaque en Birmanie
7. Les trafiquants de la mer Rouge
8. Les pirates du désert
9. Les gangsters du pétrole
10. Pilotes d'essais
11. Ciel de Corée
12. Avions sans pilotes
13. Un avion n'est pas rentré
14. Patrouille à l'aube
15. NC 22654 ne répond plus
16. Menace au Nord
17. Buck Danny contre Lady X
18. Alerte en Malaisie
19. Le tigre de Malaisie
20. S.O.S. soucoupes volantes
21. Un prototype a disparu
22. Top secret
23. Mission vers la vallée perdue
24. Prototype FX 13
25. Escadrille ZZ
26. Le retour des Tigres Volants
27. Les Tigres Volants à la rescousse
28. Tigres Volants contre pirates
29. Opération Mercury
30. Les voleurs de satellites
31. X-15
32. Alerte à cap Kennedy
33. Le mystère des avions fantômes
34. Alerte atomique
35. L'escadrille de la mort
36. Les Anges bleus
37. Le pilote au masque de cuir
38. La vallée de la mort verte
39. Requins en mer de Chine
40. Ghost Queen

Hors collection :
Tarawa, atoll sanglant, (2 volumes)

LES CENTAURES, AURORE ET ULYSSE

1. La porte du néant
2. Le loup à deux têtes
3. L'odyssée
4. Les Amazones

CRISTAL

1. Venu d'ailleurs
2. Les tueurs d'un autre monde
3. Passeport pour l'angoisse
4. Sortilèges à Bahia

DOCTEUR POCHE

1. Il est minuit, docteur Poche
2. L'île des hommes-papillons
3. Karabouilla et les belles vacances
4. La planète des chats
5. Le géant qui posait des questions
6. Le renard bleu
7. Le petit singe qui faisait des manières
8. Gags en poche

LES FEMMES EN BLANC

1. Les femmes en blanc
2. Gaze à tous les étages
3. Le retour des supermalades

FELIX

5. Le tueur fantôme
6. Au pays du matin calme
7. La liste n° 3
8. La momie mène la danse
9. L'homme invisible

GASTON LAGAFFE

0. Gaffes et gadgets
R1. Gala des gaffes à gogo
R2. Le bureau des gaffes en gros
R3. Gare aux gaffes du gars gonflé
R4. En direct de Lagaffe
R5. Le lourd passé de Lagaffe
6. Des gaffes et des dégâts
7. Un gaffeur sachant gaffer
8. Lagaffe nous gâte
9. Le cas Lagaffe
10. Le géant de la gaffe
11. Gaffes, bévues et boulettes
12. Le gang des gaffeurs
13. Lagaffe mérite des baffes
14. La saga des gaffes

GENIAL OLIVIER

1. L'école en folie
2. Le génie et sa génération
3. Génie, vidi, vici
4. Un généreux génie gêné
5. Le génie se surpasse
6. Un ingénieux ingénieur génial
7. Le passé recomposé
8. Electrons, molécules et pensums
9. L'électron et le blason
10. Un génie ingénu
11. Génie, péripéties et facéties
12. Un génie est chez nous
13. Un génie gai nickelé
14. Un génie un peu nigaud
15. Hi-Fi génie

GERMAIN

1. Qu'est-ce qu'on fait?
2. C'est pas bientôt fini, ce silence?
3. Vous trouvez ça bon?
4. C'est pour la vie?
5. Germain et nous
6. Qu'attend-on?
7. Non, mais vous vous rendez compte?
8. Mais qu'est-ce qu'il lui faut?
9. Vous y croyez vraiment?
10. Ça ne vous fait pas peur?

GIL JOURDAN

1. Libellule s'évade
2. Popaïne et vieux tableaux
3. La voiture immergée
4. Les cargos du crépuscule
5. L'enfer de Xique-Xique
6. Surboum pour 4 roues
7. Les moines rouges
8. Les 3 taches
9. Le gant à 3 doigts
10. Le Chinois à deux roues
11. Chaud et froid
12. Pâtée explosive
13. Carats en vrac
14. Gil Jourdan et les fantômes
15. Sur la piste d'un 33 tours
16. Entre deux eaux

GINGER

1. Les yeux de feu
2. L'affaire Azinski
3. Les mouches de Satan

GODAILLE ET GODASSE

1. Madame Sans-Gêne
2. Sacré sacre!
3. Un hussard à la mer
4. Révolte en Espagne

GULLY

1. Les aventures de Gully
2. Le pays des menteurs
3. Le poisson bleu

LAÏYNA

1. La forteresse de pierre

L'HISTOIRE EN BANDES DESSINEES

1. L'épopée sanglante du Far West
2. Les mystérieux chevaliers du ciel
3. Incroyables aventures d'animaux
4. L'enfer sur mer
5. Les aventuriers du ciel
6. Héroïnes inconnues
7. Godefroi de Bouillon
8. Au cœur des grandes catastrophes
9. Baden-Powell (1re partie)
10. Baden-Powell (2e partie)
11. Surcouf (tome 1)
12. Surcouf (tome 2)
13. Surcouf (tome 3)
14. Charles de Foucauld
15. Mermoz
16. Stanley (tome 1)
17. Stanley (tome 2)

ISABELLE

1. Le tableau enchanté
2. Isabelle et le capitaine
3. Les maléfices de l'oncle Hermès
4. L'astragale de Cassiopée
5. Un empire de dix arpents
6. L'étang des sorciers
7. L'envoûtement du Népanthès

JEAN VALHARDI

1. Soleil noir
2. Le gang des diamants
3. Le château maudit
4. L'affaire Barnes
5. Le rayon super-gamma
6. La machine à conquérir le monde
7. Le mauvais œil
8. Le secret de Neptune
9. Rendez-vous sur le Yukon
10. Le naufrageur aux yeux vides
11. Le retour de Valhardi
12. Le grand rush
13. Le duel des idoles
14. Un gosse à abattre
15. Les êtres de la forêt

JEANNETTE POINTU

1. Le fils de l'Inca
2. Quatre × quatre
3. Le dragon vert

J.K. JEROME BLOCHE

1. L'ombre qui tue
2. Les êtres de papier
3. A la vie, à la mort
4. Passé recomposé

JERRY SPRING

3. Lune d'argent
4. Trafic d'armes
5. La passe des Indiens
6. La piste du Grand Nord
7. Le ranch de la malchance
8. Les 3 barbus de Sonoyta
9. Fort Red Stone
10. Le maître de la Sierra
11. La route de Coronado
12. El Zopilote
13. Pancho, hors-la-loi
14. Les broncos du Montana
15. Le loup solitaire
16. La fille du canyon
17. Le grand calumet
18. Le duel
19. Les vengeurs du Sonora
20. Jerry contre K.K.K.
21. L'or de personne

JESS LONG

1. Le bouddha écarlate
2. Les ombres du feu
3. La piste sanglante
4. Les masques de mort
5. Il était deux fois dans l'Ouest
6. Grand Canyon
7. La mort jaune
8. L'intimidation
9. La shérif
10. La bête
11. Ses adieux à la scène
12. Neige poudreuse à Liège

JOHAN ET PIRLOUIT

1. Le châtiment de Basenhau
2. Le maître de Roucybeuf
3. Le lutin du bois aux roches
4. La pierre de lune
5. Le serment des Vikings
6. La source des dieux
7. La flèche noire
8. Le sire de Montrésor
9. La flûte à six schtroumpfs
10. La guerre des sept fontaines
11. L'anneau des Castellac
12. Le pays maudit
13. Le sortilège de Maltrochu

LES JUNGLES PERDUES

1. Le grand safari
2. Chasseurs d'ivoire
3. Le trésor du Kawadji
4. S.O.S. jungle!
5. La saga des gorilles
6. Rapt
7. Les aventuriers de la préhistoire
8. Les chevaliers de l'enfer
9. Le péril rouge
10. Les épaves ressuscitées

LES KROSTONS

1. Ballade pour un Kroston
2. La maison des mutants
4. L'héritier

LUCKY LUKE

1. La mine d'or de Dick Digger
2. Rodéo
3. Arizona
4. Sous le ciel de l'Ouest
5. Lucky Luke contre Pat Poker
6. Hors-la-loi
7. L'élixir du docteur Doxey
8. Phil Defer
9. Des rails sur la prairie
10. Alerte aux Pieds-Bleus
11. Lucky Luke contre Joss Jamon
12. Les cousins Dalton
13. Le juge
14. Ruée sur l'Oklahoma
15. L'évasion des Dalton
16. En remontant le Mississippi
17. Sur la piste des Dalton
18. A l'ombre des derricks
19. Les rivaux de Painful Gulch
20. Billy the Kid
21. Les collines noires
22. Les Dalton dans le blizzard
23. Les Dalton courent toujours
24. La caravane
25. La ville fantôme
26. Les Dalton se rachètent
27. Le 20ᵉ de Cavalerie
28. L'escorte
29. Des barbelés sur la prairie
30. Calamity Jane
31. Tortillas pour les Dalton

MARC DACIER

1. Aventures autour du monde
2. A la poursuite du soleil
3. Au-delà du Pacifique
4. Les secrets de la mer de Corail
5. La main noire
6. L'abominable homme des Andes
7. L'empire du soleil
8. Le péril guette sous la mer
9. Les sept cités de Cibola
10. Les négriers du ciel
11. Chasse à l'homme
12. L'or du "Vent d'Est"
13. Le train fantôme

LES MOTARDS

1. Les motards
2. Et les motards, mon cher Watson?
3. Mieux vaut motard que jamais

NATACHA

1. Natacha, hôtesse de l'air
2. Natacha et le maharadjah
3. La mémoire de métal
4. Un trône pour Natacha
5. Double vol
6. Le treizième apôtre
7. L'hôtesse et Monna Lisa
8. Instantanés pour Caltech
9. Les machines incertaines
10. L'île d'outre-monde
11. Le grand pari
12. Les culottes de fer

PAPYRUS

1. La momie engloutie
2. Le maître des trois portes
3. Le colosse sans visage
4. Le tombeau du pharaon
5. L'Egyptien blanc
6. Les quatre doigts du dieu Lune
7. La vengeance de Ramsès
8. La métamorphose d'Imhotep
9. Les larmes du géant
10. La pyramide noire

LA PATROUILLE DES CASTORS

1. Le mystère de Grosbois
2. Le disparu de Ker-Aven
3. L'inconnu de la villa Mystère
4. Sur la piste de Mowgli
5. La bouteille à la mer
6. Le trophée de Rochecombe
7. Le secret des monts Tabou
8. Le hameau englouti
9. Le traître sans visage
10. Le signe indien
11. Les loups écarlates
12. Menace en Camargue
13. La couronne cachée
14. Le chaudron du diable
15. L'autobus hanté
16. Le fantôme
17. Le pays de la mort
18. Les démons de la nuit
19. Vingt milliards sous la terre
20. El Demonio
21. Passeport pour le néant
22. Prisonniers du large
23. L'envers du décor
24. Souvenirs d'Elcasino
25. L'empreinte
26. L'île du Crabe
27. Blocus

PAUVRE LAMPIL

4 volumes

PECHES DE JEUNESSE

25 classiques des débuts de Derib, Franquin, Jidéhem, Jijé, Lambil, Macherot, Mazel, MiTacq, Sirius, Tillieux, Walthéry et Will.

LES PETITS HOMMES

1. L'exode
2. Des Petits Hommes au Brontoxique
3. Les guerriers du passé
4. Le lac de l'auto
5. L'œil du cyclope
6. Le vaisseau fantôme
7. Les ronces du samouraï
8. Du rêve en poudre
9. Le triangle du diable
10. Le peuple des abysses
11. Dans les griffes du Seigneur
12. Le guêpier
13. Les prisonniers du temps
14. Petits Hommes et hommes-singes
15. Mosquito 417
16. La planète Ranxérox
17. Le trou blanc
18. Le pickpocket
19. Alerte à Eslapion
20. Rapt en sous-sol
21. Les 6 clones
22. L'ermite de Rochafleur

PIERRE TOMBAL

1. Les 44 premiers trous
2. Histoires d'os
3. Mort aux dents

POUSSY

1. Ça, c'est Poussy
2. Faut pas Poussy
3. Poussy Poussa

421

1. Guerre froide
2. Bons baisers du septième ciel
3. Suicides
4. L'empire du milieu
5. Scotch Malaria

LA RIBAMBELLE

1. La Ribambelle gagne du terrain
2. La Ribambelle en Ecosse
3. La Ribambelle enquête
4. La Ribambelle contre-attaque
5. La Ribambelle s'envole
6. La Ribambelle aux Galopingos

SAMMY

1. Bons vieux pour les gorilles
2. Rhum Row
3. El Presidente
4. Les gorilles marquent des poings
5. Le gorille à huit pattes
6. Les gorilles font les fous
7. Les gorilles au pensionnat
8. Les gorilles et le Roi Dollar
9. Les pétroleurs du désert
10. Nuit blanche pour les gorilles
11. Deux histoires de gorilles
12. L'élixir de jeunesse
13. Le grand frisson
14. Les gorilles marquent des buts
15. Les gorilles à Hollywood
16. Ku-Klux-Klan
17. Les bébés flingueurs
18. Panique au Vatican
19. En piste, les gorilles!
20. Ma Attaway
21. Miss Kay
22. L'homme qui venait de l'au-delà
23. La diva

LES SCHTROUMPFS

1. Les Schtroumpfs noirs
2. Le Schtroumpfissime
3. La Schtroumpfette
4. L'œuf et les Schtroumpfs
5. Les Schtroumpfs et le Cracoucass
6. Le Cosmoschtroumpf
7. L'apprenti Schtroumpf
8. Histoires de Schtroumpfs
9. Schtroumpf vert et vert Schtroumpf
10. La soupe aux Schtroumpfs
11. Les Schtroumpfs olympiques
12. Le bébé Schtroumpf

LE SCRAMEUSTACHE

1. L'héritier de l'Inca
2. Le magicien de la Grande Ourse
3. Le continent des deux lunes
4. Le totem de l'espace
5. Le fantôme du Cosmos
6. La fugue du Scrameustache
7. Les Galaxiens
8. La menace des Kromoks
9. Le dilemme de Khéna
10. Le prince des Galaxiens
11. Le renégat
12. La saga de Thorgull
13. Le secret des Trolls
14. Les Kromoks en folie
15. Le stagiaire
16. Le grand retour

SIBYLLINE

1. Sibylline et la betterave
2. Sibylline en danger
3. Sibylline et les abeilles
4. Sibylline et le petit cirque
5. Sibylline s'envole
6. Sibylline et les cravates noires
7. Elixir le maléfique
8. Burokratz le vampire
9. Le chapeau magique
10. Le violon de Zagabor
11. Sibylline et le kulgude

SODA

1. Un ange trépasse
2. Lettres à Satan

LES SNORKY

1. Le requin jaune
2. Un Snorky à la dérive
3. Mousse en péril

SOPHIE

1. L'œuf de Karamazout
2. La bulle du silence
3. Les bonheurs de Sophie (1)
4. Qui fait peur à Zoé?
5. Le rayon Kâ
6. La maison d'en face
7. Sophie et le cube qui parle
8. Les bonheurs de Sophie (2)
9. La tiare de Matlotl Halatomatl
10. Sophie et le douanier Rousseau
11. Sophie et le souffle du dragon
12. Cette sacrée Sophie
14. Sophie et l'inspecteur Céleste
15. Sophie et Donald Mac Donald
16. Rétro Sophie
17. Sophie et Cie

SPIROU ET FANTASIO

1. Quatre aventures de Spirou et Fantasio
2. Il y a un sorcier à Champignac
3. Les chapeaux noirs
4. Spirou et les héritiers
5. Les voleurs de marsupilami
6. La corne du rhinocéros
7. Le dictateur et le champignon
8. La mauvaise tête
9. Le repaire de la murène
10. Les pirates du silence
11. Le gorille a bonne mine
12. Le nid des marsupilamis
13. Le voyageur du Mésozoïque
14. Le prisonnier du bouddha
15. Z comme Zorglub
16. L'ombre du Z
17. Spirou et les hommes-bulles
18. QRN sur Bretzelburg
19. Panade à Champignac
20. Le faiseur d'or
21. Du glucose pour Noémie
22. L'abbaye truquée
23. Tora-Torapa
24. Tembo Tabou
25. Le gri-gri du Niokolo-Koba
26. Du cidre pour les étoiles
27. L'Ankou
28. Kodo, le tyran
29. Des haricots partout
30. La ceinture du grand froid
31. La boîte noire
32. Les faiseurs de silence
33. Virus
34. Aventure en Australie
35. Qui arrêtera Cyanure?
36. L'horloger de la comète
37. Le réveil du Z
38. La jeunesse de Spirou
39. Spirou à New York

THÉODORE POUSSIN

1. Capitaine Steene
2. Le mangeur d'archipels

TIF ET TONDU

1. La villa Sans-Souci
2. Le trésor d'Alaric
3. Oscar et ses mystères
4. Tif et Tondu contre la Main Blanche
5. Le retour de Choc
6. Passez muscade
7. Plein gaz
8. La villa du Long-Cri
9. Choc au Louvre
10. Les flèches de nulle part
11. La poupée ridicule
12. Le réveil de Toar
13. Le grand combat
14. La matière verte
15. Tif rebondit
16. L'ombre sans corps
17. Tif et Tondu contre le Cobra
18. Le roc maudit
19. Sorti des abîmes
20. Les ressuscités
21. Le scaphandrier mort
22. Un plan démoniaque
23. Tif et Tondu à New York
24. Aventure birmane
25. Le retour de la bête
26. Le gouffre interdit
27. Les passe-montagnes
28. Métamorphoses
29. Le sanctuaire oublié
30. Echecs et match
31. Swastika
32. Traitement de Choc
33. Choc 235
34. Le fantôme du samouraï
35. Dans les griffes de la Main Blanche
36. Magdalena

TIMOUR

1. La tribu de l'homme rouge
2. La colonne ardente
3. Le talisman de Timour
4. Le glaive de bronze
5. Le captif de Carthage
6. Le fils du centurion
7. Le gladiateur masqué
8. Timour contre Attila
9. Le cachot sous la Seine
10. Le cavalier sans visage
11. La francisque et le cimeterre
12. Timour d'Armor
13. Mission à Byzance
14. Le drakkar rouge
15. Alerte sur le fleuve
16. Le serment de Hastings
17. L'ombre du Cid
18. La galère pirate
19. Le fils du Croisé
20. L'oiseau flamboyant
21. Le sceau du Templier
22. La gondole noire
23. L'or du gouffre
24. Terre sauvage
25. La nuit rouge

LES TUNIQUES BLEUES

1. Un chariot dans l'Ouest
2. Du Nord au Sud
3. Et pour 1.500 dollars en plus
4. Outlaw
5. Les déserteurs
6. La prison de Robertsonville
7. Les bleus de la marine
8. Les cavaliers du ciel
9. La grande patrouille
10. Des bleus et des tuniques
11. Des bleus en noir et blanc
12. Les bleus tournent cosaques
13. Les bleus dans la gadoue
14. Le blanc-bec
15. Rumberley
16. Bronco Benny
17. El Padre
18. Blue rétro
19. Le David
20. Black Face
21. Les 5 salopards
22. Des bleus et des dentelles
23. Les cousins d'en face
24. Baby blue
25. Des Bleus et des bosses
26. L'or du Québec
27. Bull Run

VIEUX NICK

2. Le vaisseau du diable
3. Les mangeurs de citron
4. L'île de la Main-Ouverte
5. Les mutinés de la Sémillante
6. Dans la gueule du dragon
7. Aux mains des Akwabons
8. Sa Majesté se rebiffe
9. L'or du « El Terrible »
10. Le trois-mâts fantôme
11. Les boucaniers
12. Barbe-Noire et les Indiens
26. L'île rouge

YOKO TSUNO

1. Le trio de l'étrange
2. L'orgue du diable
3. La forge de Vulcain
4. Aventures électroniques
5. Message pour l'éternité
6. Les trois soleils de Vinéa
7. La frontière de la vie
8. Les titans
9. La fille du vent
10. La lumière d'Ixo
11. La spirale du temps
12. La proie et l'ombre
13. Les archanges de Vinéa
14. Le feu de Wotan
15. Le canon de Kra
16. Le dragon de Hong Kong

ALBUMS DE LUXE

(de 96 à 192 pages)

Spécial L. Luke (10 volumes)
Tout B. Danny (10 volumes)
Tout Gil Jourdan (6 volumes)
Ensemble (2 volumes)